Contrato por amor
Barbara Dunlop

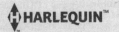

Editado por Harlequin Ibérica.
Una división de HarperCollins Ibérica, S.A.
Núñez de Balboa, 56
28001 Madrid

I.S.B.N.: 978-84-687-8807-4
Depósito legal: M-37725-2016
Impresión en CPI (Barcelona)
Fecha impresion para Argentina: 3.7.17
Distribuidor exclusivo para España: LOGISTA
Distribuidores para México: CODIPLYRSA y Despacho Flores
Distribuidores para Argentina: Interior, DGP, S.A. Alvarado 2118.
Cap. Fed./Buenos Aires y Gran Buenos Aires, VACCARO HNOS.

Capítulo Uno

Troy Keiser detuvo la cuchilla de afeitar en mitad del movimiento y miró el teléfono en la encimera del baño.

–¿Cómo dices? –preguntó a su socio, Hugh Fielding, apodado Vegas, seguro de que había oído mal.

–Tu hermana –repitió Vegas.

Mientras digería la información, Troy se acercó el teléfono móvil al oído, esquivando los restos de la crema de afeitar. En el aire quedaba vapor con olor a sándalo que desdibujaba los bordes del espejo.

–¿Kassidy está aquí?

Su media hermana de diecinueve años, Kassidy Keiser, vivía en Jersey City, a 320 kilómetros de Washington. Era un espíritu libre que cantaba en un club nocturno. Troy llevaba más de un año sin verla.

–Está en la recepción –dijo Vegas–. Parece un poco nerviosa.

La última vez que Troy había visto a su hermana en persona había sido en Greenwich Village. Un trabajo de seguridad con la ONU lo había llevado a él a Nueva York y se habían visto por casualidad. Kassidy actuaba en un club pequeño y el diplomático al que protegía Troy quería tomar una copa.

Miró su reloj, vio que eran las siete cuarenta y cinco y calculó mentalmente lo que tardaría en llegar a su reunión de la mañana en la embajada de Bulgaria. Confió en que el problema de ella fuera de solución rápida y pudiera seguir con su trabajo.

—Pues dile que suba —pidió.

Se secó la cara, guardó la cuchilla y la crema de afeitar en el armario, aclaró el lavabo, se puso una camiseta blanca y unos pantalones negros y a continuación fue a la cocina, se sirvió una taza de café y se la bebió de un trago para despertar sus neuronas.

Su apartamento y el de Vegas, situados lado a lado, ocupaban el último piso de la Compañía de Seguridad Pinion, en el noreste de Washington. Las dos primeras plantas albergaban la recepción y las zonas de reunión de la empresa. Del piso tres al siete contenían despachos y almacenamiento de equipo electrónico. El centro de control informático estaba muy protegido y se hallaba directamente debajo de los apartamentos. El sótano y el subsótano se usaban para aparcar, para practicar tiro al blanco y para almacenar una cámara acorazada con armas.

El edificio, muy moderno, había sido construido después de que Troy vendiera sus intereses en un programa informático innovador de seguridad y Vegas tuviera un golpe de suerte en un casino. Desde entonces, la empresa había crecido exponencialmente.

Cuando sonó el timbre, cruzó la sala de estar, abrió la puerta el apartamento y vio a Vegas, un gigante de un metro noventa y pecho muy ancho, detrás de su hermana Kassidy, quien, incluso con tacones de quince centímetros, aparentaba la mitad del tamaño de él. Su cabello rubio tenía mechas de color púrpura y llevaba tres pendientes en cada oreja. Un top colorido de estilo túnica terminaba en un dobladillo deshilachado en mitad del muslo, sobre unos pantalones negros ajustados.

–Hola, Kassidy –dijo Troy con voz neutra.

–Hola, Troy.

–Estaré abajo –dijo Vegas.

Troy hizo un gesto de asentimiento.

–¿Va todo bien? –preguntó, cuando Kassidy entró en el vestíbulo del ático.

–No exactamente –contestó ella. Se recolocó el bolso enorme que llevaba al hombro–. Tengo un problema. ¿Tienes café?

–Sí. –Troy cruzó la sala de estar de techo de cúpula en dirección a la cocina.

Los tacones de su hermana resonaban en el suelo de parqué.

–He pensado mucho en esto y siento molestarte, pero no sé qué hacer.

–¿Qué ha pasado? –preguntó él–. ¿Qué has hecho?

Ella apretó los labios.

–Yo no he hecho nada. Y le dije a mi mánager que ocurriría esto.

–¿Tienes mánager?

–Sí.

–¿Para tu carrera de cantante?

–Sí.

A Troy le sorprendió aquello. Kassidy cantaba bien, pero en lugares pequeños. Al instante pensó en el tipo de fraudes que explotaban a jóvenes soñadoras.

–¿Cómo se llama? –preguntó con recelo.

–No seas tan machista. Se llama Eileen Renard.

Troy se sintió aliviado. Estadísticamente, las mujeres eran menos propensas que los hombres a explotar a jóvenes vulnerables del mundo del espectáculo convirtiéndolas en bailarinas de *striptease* o volviéndolas adictas a las drogas.

Miró a su hermana a la cara. Tenía un aspecto sano, aunque parecía cansada. A Dios gracias, probablemente no tomaba drogas.

Sacó una taza de un armario de la cocina.

–¿Por qué pensaste que necesitabas una mánager? –preguntó.

–Se ofreció ella –repuso Kassidy. Se instaló en un taburete de madera de arce en la isla de la cocina y dejó caer el bolso al suelo con un golpe sordo.

–¿Te pide dinero?

–No. Le gusta como canto y cree que tengo potencial. Vino a verme después de una actuación en Miami Beach. Representa a gente importante.

–¿Qué hacías en Miami Beach? –La última vez que había visto a Kassidy, ella casi no podía pagarse el metro.

–Cantaba en un club.

–¿Cómo llegaste allí?

–En avión, como todo el mundo.

–Eso está lejos de Nueva Jersey.

–Tengo diecinueve años, Troy.

Él le puso una taza de café delante.

–Ahora me va mejor económicamente –comentó ella.

–¿No necesitas dinero? –preguntó él, que había asumido que el dinero sería, como mínimo, parte de la solución del problema de su hermana.

–No.

–¿Y puedes decirme cuál es el problema?

Ella tardó unos momentos en contestar.

–Son unos tipos. –Metió la mano en su bolso–. Al menos, asumo que son varones. –Sacó unos papeles del bolso–. Dicen que son seguidores, pero me dan miedo.

Troy tomó los emails impresos que le tendía Kassidy y empezó a leerlos. Eran de seis direcciones distintas, cada una con un apodo diferente y un estilo de letra diferente. En su mayor parte, contenían elogios, entrelazados con ofertas de sexo y matices de posesividad. Nada muy amenazador, pero cualquiera de ellos podría ser el comienzo de algo siniestro.

–¿Reconoces alguna de las direcciones? –preguntó–. ¿O los apodos?

Ella negó con la cabeza.

–Si los he visto, no lo recuerdo. Pero yo veo a mucha gente. Y muchos más me ven en el escenario o leen mi blog y creen que somos amigos.

–¿Escribes un blog?

–Todos los cantantes escribimos blogs.

–Pues mal hecho.

–Sí, bueno, no somos tan paranoicos como tú.

–Yo no soy paranoico.

–Tú no te fías de la gente.

–Porque la mayoría no son de fiar. Le daré esto a un experto en amenazas a ver si hay motivos para preocuparse. –Troy miró su reloj. Si no terminaba pronto, Vegas tendría que ocuparse de la reunión con los búlgaros.

Terminó su café con la esperanza de que ella hiciera lo mismo, pero no fue así.

–No son solos los emails –dijo ella–. La gente ha

empezado a quedarse en la puerta después de mi actuación y a pedir autógrafos y fotos.

–¿Cuánta gente?

–Cincuenta o más.

–¿Cincuenta personas esperan para pedirte un autógrafo? –preguntó Troy, sorprendido.

–Esto va muy deprisa –repuso ella–. Descargan mis canciones, compran entradas, me ofrecen conciertos. La semana pasada me siguió un motorista hasta mi hotel en Chicago. Fue terrorífico.

–¿Estabas sola? –preguntó Troy.

–Iba con los músicos que tocan conmigo –repuso ella. Lo miró. Sus ojos azules eran grandes y su rostro parecía pálido y delicado–. ¿Crees que podría quedarme unos días contigo? Esto es muy seguro y en mi apartamento me cuesta mucho dormir.

–¿Aquí?

–Solo unos días –repitió ella, esperanzada.

Troy deseaba negarse. Buscó en su mente el mejor modo de hacerlo.

Eran hijos del mismo padre, pero este había muerto años atrás. Y la madre de Kassidy era una mujer excéntrica que vivía con un escultor hippie en las montañas de Oregón.

A todos los efectos, él era el único pariente de la chica. Desde luego, el único sensato. No podía rechazarla.

–¿Cuánto tiempo? –preguntó.

Ella sonrió y se bajó del taburete.

–Eres el mejor.

Lo abrazó con fuerza.

–Gracias, hermano.

Troy sintió una sensación cálida en el corazón.

–De nada –contestó.

Ella se apartó.

–Te encantará Drake.

–Un momento. ¿Vas a traer un novio aquí?

–Drake no es mi novio –respondió ella, con ojos todavía brillantes de alegría–. Es mi hijo.

Mila Stern tenía una misión.

A veces parecía un caso perdido, pero no se iba a rendir porque los Stern nunca se rendían, como probaban todos los días sus tres hermanos y sus padres.

Cerca del mediodía se acercó a la puerta principal del edificio de Seguridad Pinion, enderezó los hombros, respiró hondo y ensayó mentalmente sus frases.

«Cinco minutos», le diría a Troy Keiser. Solo tenía que escucharla durante cinco minutos. Eso apenas era tiempo y, a cambio, podía incrementar su negocio un diez por ciento. ¿O sería mejor decir un quince?

Mila, que vestía pantalones gris claro, un suéter azul y botas fuertes de cuero, abrió la puerta de cristal esmerilado de la entrada. La zona de la recepción de Pinion era compacta, decorada en tonos grises, con un mostrador curvo de acero y cristal ahumado. Detrás de él había un hombre vestido de negro, con el pelo corto, la mandíbula cuadrada y hombros y brazos fuertes.

–¿Qué desea? –preguntó el hombre.

–Busco a Troy Keiser –respondió ella con una sonrisa.

Él pulsó un par de teclas en el ordenador portátil que tenía delante.

–¿Tiene una cita? –preguntó.

–No para hoy –repuso ella–. Llevamos varias semanas escribiéndonos –comentó, con la esperanza de que él sacara la conclusión de que Troy Keiser estaría dispuesto a verla.

–¿Su nombre? –preguntó el hombre.

–Mila Stern –respondió ella de mala gana.

Sabía que Troy Keiser, y probablemente todo el Departamento de Recursos Humanos de Seguridad Pinion, reconocerían ese nombre como el de la mujer cuya solicitud de trabajo habían rechazado tres veces.

El hombre pulsó un botón en sus auriculares compactos y Mila se esforzó por seguir sonriendo. Estaba plenamente cualificada para ser agente de seguridad en Pinion. Tenía una licenciatura en Criminología y era cinturón negro en Krav Maga, además de contar con entrenamiento en vigilancia técnica y armas tácticas.

–¿Vegas? –dijo el hombre por teléfono–. Hay una mujer que pregunta por Troy. No, no tiene cita. Mila Stern. –Esperó un momento–. De acuerdo.

Cortó la llamada.

–Puede ver a Hugh Fielding en el segundo piso –dijo.

Mila respiró aliviada. Al menos saldría del vestíbulo.

–¿Está Troy aquí? –preguntó.

–Está ocupado, pero Vegas podrá ayudarla.

El hombre pulsó un botón y una luz en el ascensor que había detrás de él pasó de rojo a verde.

–Gracias –musitó Mila. Echó a andar hacia el ascensor.

Sabía que Hugh Fielding, el tal Vegas, era socio de Troy, pero sabía también que Troy Keiser llevaba casi todas las funciones de dirección, incluida la decisión de contratar personal. Al parecer, Vegas Fielding era el experto técnico.

Entró en el ascensor. El número dos estaba ya encendido en el panel. Decidió arriesgarse y pulsó el nueve. Para empezar a buscar a Troy, haría bien en alejarse lo más posible de Vegas. El círculo blanco se iluminó.

Se cerraron las puertas y ella se situó en un rincón, pegada a la pared. Si tenía suerte, Hugh Fielding asumiría que el ascensor iba vacío y pensaría que subiría en el siguiente.

El ascensor paró en el segundo piso y se abrieron las puertas.

Mila contuvo el aliento. Fuera se oían teléfonos y voces. No se acercaron pasos al ascensor y no se alzó ninguna voz con tono de alarma.

Las puertas volvieron a cerrarse y ella respiró hondo.

Cuando se abrieron de nuevo las puertas en el noveno piso, el propio Troy estaba fuera. Tenía los brazos cruzados y los pies separados. Era obvio que la esperaba.

Ella salió rápidamente del ascensor.

–Hola, señor Keiser.

–Se ha colado usted en mi edificio.

–No. El señor Fielding me ha invitado a entrar. Estoy segura de que nadie podría colarse aquí.

–Vegas la ha invitado al segundo piso.

–Pero la persona a la que quiero ver es usted.

–¿Y por eso ha secuestrado el ascensor hasta el piso privado?

Mila miró el corto vestíbulo que terminaba en dos puertas.

–No sabía que era un piso privado. –No estaba dispuesta a admitir que había planeado registrar el edificio de arriba abajo en su busca.

–¿En qué puedo ayudarla, señorita Stern? Y no, no la voy a contratar. Que haya conseguido confundir al recepcionista no prueba nada.

–Esa no era mi intención. Yo solo quería hablar con usted en persona.

–Pues adelante.

Mila pensó en las frases que había ensayado.

–No sé si lo sabe, pero el número de mujeres ejecutivas, políticas y famosas que necesitan protección sube todos los años. Los cálculos muestran que las compañías que se centran en ese grupo demográfico pueden incrementar su negocio un quince por ciento. Ofrecer unos servicios centrados específicamente en…

–Eso se lo ha inventado.

–No es verdad.

–Lo del quince por ciento sí.

–Es más anecdótico que científico –admitió ella–. Pero el punto fundamental…

–Ya protegemos a mujeres –repuso Troy–. A cientos de ellas, con una tasa de éxitos de más del noventa y nueve por ciento.

Había algo extraño en su expresión. Mila sospechaba que mentía. ¿Pero por qué? Y entonces se dio cuenta. Se inventaba lo del noventa y nueve por ciento para burlarse de ella.

–Se ha inventado esa cifra –dijo con suavidad.

–Es mi compañía.

–Se nota cuando miente.

–No es cierto.

Ella alzó la barbilla.

–Justo ahí. Al lado de la oreja izquierda. Hay un músculo que se mueve cuando miente.

–Eso es absurdo.

–Diga otra mentira.

–Le diré la verdad –repuso él–. No la voy a contratar ni ahora ni nunca.

–Porque soy mujer.

–Porque es mujer.

–Y cree que eso significa que no puedo luchar cuerpo a cuerpo.

–No es que lo crea. Es un hecho.

–Soy muy buena –repuso ella, con tono retador–. ¿Quiere probarme?

Él soltó una risita.

–Además de débil, padece delirios.

–No espero ganarle.

–¿Y por qué me reta?

–Espero hacerlo bien, sorprenderle y superar sus expectativas.

–Le haré daño.

Mila se encogió de hombro.

–Un poco, supongo.

–O mucho.

–Deseo de verdad ese trabajo.

–La creo. Pero no se lo voy a dar porque sea tan tonta como para retarme en un combate cuerpo a cuerpo.

–Pruébeme.

El teléfono móvil de él sonó en su bolsillo.

–No –dijo antes de contestar la llamada. Se giró hacia un lado–. ¿Sí?

Mila consideró atacarlo. Él tendría que defenderse

y vería de lo que ella era capaz. En aquel momento estaba distraído, vuelto a medias.

La miró y se apartó al instante con expresión de sorpresa.

–Tengo que dejarte –dijo en el teléfono–. Ni se le ocurra –le advirtió a Mila.

Ya no habría sorpresa. Pero aun así, la táctica de ella tenía unas probabilidades razonables de tener éxito.

El ascensor hizo ruido a sus espaldas.

La distracción bastó para que Troy pudiera agarrarle la muñeca izquierda. Intentó hacer lo mismo con la derecha, pero ella fue muy rápida.

Se disponía a darle en el plexo solar cuando oyó llorar a un bebé en la puerta del ascensor y se volvió a mirar.

Troy le agarró la otra muñeca, desarmándola.

–Eso no es justo –gruñó ella.

Él la soltó.

–En este trabajo no hay nada justo –declaró.

Se abrió el ascensor y apareció una joven atractiva con el pelo de color púrpura, un bolso grande al hombro y un bebé en un cochecito.

–Tiene hambre –dijo la joven a Troy.

Este parecía horrorizado. Mila sabía que no estaba casado. Quizá la joven era su novia.

–Pues dale de comer –repuso él con impaciencia.

–Eso haré. –La joven golpeó el marco de la puerta con las ruedas del cochecito.

Mila, que no quería que aquello pusiera punto final a su conversación con Troy, se inclinó en un impulso sobre el bebé.

–¡Oh, es adorable! –musitó–. Ven aquí, precioso.

–Sacó del carrito al niño, que seguía llorando–. ¿Qué te pasa, eh? ¿Tienes hambre? –preguntó, imitando el tono de voz sensiblero que usaba su tía Nancy con los bebés.

Se sentía ridícula hablando así, pero no se le ocurría otro modo de seguir con Troy. Y estaba decidida a seguir con él.

Reprimió una mueca cuando acercó la cara llorosa del bebé a su hombro y le dio unas palmaditas en la espalda, sorprendida por el calor y la suavidad de su cuerpecito.

Los alaridos del niño se convirtieron en sollozos intermitentes.

–Vamos –dijo la madre–. Esto no durará mucho.

Mila pasó delante de Troy sin mirarlo y entró con el niño en el apartamento.

Capítulo Dos

Dos mujeres habían invadido su casa, por razones completamente distintas pero igual de frustrantes. Bueno, igual no, puesto que de Mila Stern podría librarse en cuanto soltara al bebé. Aunque por el momento el niño estaba tranquilo en sus brazos, y Troy no se atrevía a cambiar eso.

Kassidy, inclinada sobre el sofá, sacaba de su bolso pañales, una manta de franela y calcetines minúsculos.

–Le gustas –le dijo a Mila, cuando se enderezó con un biberón en la mano.

–Es un encanto –repuso Mila.

Troy la miró con recelo.

–Puede ser terrorífico –comentó Kassidy–. Sobre todo por la noche. Troy tendrá que acostumbrarse a su llanto.

–¿Perdón? –musitó Troy.

No le gustaba cómo sonaba aquello. Los cuartos de invitados estaban en el lado opuesto del apartamento al del dormitorio principal, pero el niño parecía tener buenos pulmones.

–Por cierto, soy Kassidy Keiser –dijo su hermana.

Mila parecía sorprendida. Miró a Troy.

–¿Están casados? –preguntó.

–No –respondieron Troy y Kassidy al unísono.

–Es mi hermana –aclaró el primero.

Mila miró a Drake.

–¿Y el bebé no es suyo?

–No.

–Yo vivo en Jersey City –explicó Kassidy, quitándole al niño–. Pero Drake y yo nos vamos a quedar unos días con Troy hasta que se calmen las cosas. –Se sentó en el sofá y le puso el biberón en la boca a Drake.

El niño empezó a tragar abriendo y cerrando las manos en el aire. Mila se sentó en el borde de un sillón a mirar.

–¿Qué cosas tienen que calmarse? –preguntó.

–O hasta que me acostumbre a todo eso –repuso Kassidy–. Y a él. –Sonrió a Drake–. ¿No es adorable?

–Podías haberlo dado en adopción –comentó Troy.

Su hermana lo miró con rabia.

–Ya te dije que lo prometí.

–¡Cómo puede decir eso! –exclamó Mila–. ¿Qué clase de apoyo es ese? Este es su sobrino.

–No es mi sobrino.

–Lo será –repuso Kassidy–. Legalmente, moralmente y en todos los sentidos. Así que más vale que te acostumbres.

Mila parecía confusa.

–Lo va a adoptar –comentó Troy. Y se preguntó por qué se molestaba en dar explicaciones. Mila tenía que irse.

–¿Dónde están sus padres? –preguntó ella.

–Su madre ha muerto –repuso Kassidy con voz suave–. Era una buena amiga mía.

–Yo tengo que ir a almorzar –anunció Troy, mirando su reloj.

Tenía menos de treinta minutos antes de que tuviera que empezar a trabajar. Los búlgaros habían contratado a Seguridad Pinion para una importante recepción en las Naciones Unidas y tenía que organizar los equipos.

–Utiliza lo que necesites –le dijo a su hermana. Sacó una tarjeta del bolsillo–. Esto es una llave que te sirve para la puerta exterior y para el apartamento. Debes saber que hay cámaras por todo el edificio. Podemos seguirle el rastro a todo el que entra –terminó, mirando Mila.

–O sea que sabía que yo venía –comentó ella.

–La vimos esconderse de Vegas en el ascensor. Sentimos curiosidad.

–Solo quería hablar con usted.

–Y ya lo ha hecho. –Él señaló la puerta del apartamento–. En la sala de control la observarán hasta que salga, así que no intente nada.

–¿Quién eres tú? –preguntó Kassidy. Se puso el niño en el hombro y empezó a darle golpecitos en la espalda–. Pensaba que eras su novia.

–Quiero pedirle trabajo –repuso Mila.

–Es una acosadora –intervino Troy.

–Pues bienvenido al club –dijo su hermana.

–¿A ti te acosa alguien? –preguntó enseguida Mila.

–No lo sé. Tengo unos fans… Soy cantante y tengo fans. No muchos, pero suficientes. Y algunos me envían emails un poco raros.

Mila miró a Troy.

–¿Puedo verlos? –preguntó.

–Claro –repuso Kassidy.

–No, no puede –dijo Troy–. No trabaja aquí y no son asunto suyo.

–¿Por qué no trabaja aquí? –preguntó Kassidy.

–Eso no es asunto tuyo.

Kassidy miró a Mila.

–¿Por qué no trabajas aquí?

–Porque tu hermano no contrata mujeres.

Kassidy abrió mucho sus grandes ojos azules y miró a su hermano con desaprobación.

–Eso no es cierto. Solo en este edificio tengo tres mujeres trabajando.

–Pero no como agentes de seguridad –repuso Mila.

Troy la miró de hito en hito.

–¿Por qué no? –repitió Kassidy. Sujetó a Drake con una mano y metió la otra en el bolso–. Te enseñaré los últimos emails.

–Mila se marcha y yo voy a almorzar –intervino Troy.

–Vete a almorzar –contestó su hermana–. Quiero oír la opinión de una mujer.

–Adiós, Mila Stern –dijo él con dureza.

–No seas idiota, Troy –comentó Kassidy.

–No le cobraré por mi tiempo –declaró Mila.

–No trabaja para mí.

–Este llegó ayer. –Kassidy mostró una hoja de papel.

Troy sintió curiosidad a su pesar.

–¿De quién es? –preguntó.

–De HalcónNocturno –repuso Kassidy.

Mila lo leía ya y Troy se inclinó detrás de ella para verlo por encima de su hombro.

El mensaje hablaba del pelo y los ojos de Kassidy, de su voz y de una canción que había compuesto, y HalcónNocturno parecía pensar que era sobre él.

–¿La palabra «ventana» tiene algún significado? –preguntó Mila.

Troy la miró.

–¿Por qué?

–La usa dos veces. Y en ambas ocasiones al final de una frase y seguida de una transición rara.

Troy releyó la nota.

–Todo el mensaje es raro.

–Cierto. –Mila volvió a sentarse en el sillón.

Troy hizo acopio de paciencia.

–Tengo hambre –dijo.

–Pues vete a comer –repuso Kassidy.

Mila se limitó a hacerle un gesto de despedida con la mano.

Mila había conseguido quedarse con Kassidy en el apartamento.

Tenía un centenar de emails ordenados en montones en la mesa del comedor y había reconstruido los últimos conciertos de Kassidy en un mapa digital en su tableta.

Drake hacía ruiditos en su sillita en el rincón de la sala de estar y Kassidy charlaba con su mánager por teléfono en la cocina.

Mila buscaba correspondencias entre los emails y las fechas de las actuaciones y quería unir ambas cosas en el mapa. Para eso necesitaba un escáner.

Miró a su alrededor y vio una puerta abierta que parecía prometedora. Se levantó a mirar y vio que era el despacho casero de Troy. En un rincón encontró un escáner.

–¿Necesita ayuda? –preguntó la voz profunda de él a sus espaldas.

–No –repuso ella–. Creo que ya está funcionando.

Él frunció el ceño.

–¿Y qué demonios hace en mi despacho sin permiso?

Ella le sostuvo la mirada.

–Escanear documentos.

Seguían mirándose a los ojos, y Mila sintió un cosquilleo en la piel. No había duda de que se trataba de un hombre atractivo.

–Tiene que irse –dijo él.

–¿No quiere saber lo que he encontrado?

–Los dos sabemos que Kassidy no corre un peligro real.

–¿Está seguro?

–Lo ha intentado –repuso él–. Lo ha intentado mucho. Pero no la contrataré.

–¿Por qué no?

–Por una simple cuestión de masa muscular, por eso.

Mila respiró hondo. Sabía que aquella era su última oportunidad para hacerle cambiar de idea.

–La inteligencia puede superar a la masa muscular.

–Lo sé –contestó él–. Yo contrato a la gente por conocimientos e inteligencia. Por habilidad y por intelecto. Por experiencia y profesionalidad. Y cuando se dan todos esos elementos, también por fuerza y poder.

–Yo tengo todas esas cosas.

Él movió la cabeza.

–¿Qué hace si la atacan dos hombres musculosos?

–Dispararles –repuso ella sin vacilar.

–Va desarmada.

–¿Y usted? Habrá veces en las que hasta usted, con sus noventa…

–Noventa y siete.

–Con sus noventa y siete kilos de músculo y tendones también estará en minoría.

–Menos a menudo que usted –repuso él con suavidad.

Algo se había movido en las profundidades de sus ojos y ella volvió a ser muy consciente de su físico. Estaban muy cerca y podía olerlo. Y olía bien. Unos centímetros más y sentiría el calor de su cuerpo.

Se dijo que quería luchar con él, no besarlo. Pero sabía que era mentira.

–Intenta distraerme –dijo.

–Usted intenta distraerme a mí. –Troy se inclinó todavía más hacia ella.

–No es adrede.

–Sí que lo es.

–¿Cree que puedo hacer eso? –preguntó ella–. Con toda la autodisciplina que debe de tener, ¿podría distraerlo con sexo?

La expresión de él vaciló.

–Si puedo hacerlo –prosiguió ella–, debería contratarme. Porque eso es mucho más de lo que puede lograr ningún hombre musculoso.

–¿Ese es su atributo más fuerte? –se burló él.

Mila comprendió su error.

–No –contestó–. Mi atributo más fuerte en este momento es la navaja que le apunta el riñón.

–No tiene navaja.

–Está enfundada. Pero sí la tengo.

Él se movió y ella alzó de inmediato el puño para mostrarle que podía haberle apuñalado.

Él le agarró la muñeca y le puso la otra mano en la garganta a ella.

—Está muerto —le dijo Mila.

—Me estoy desangrando —repuso él—, pero usted también está muerta. —Acarició con gentileza la piel del cuello de ella.

—¿Estoy contratada?

—Está loca —musitó él.

Su voz era un susurro. La iba a besar. Se notaba en la niebla de sus ojos y en la respiración. Y Mila sabía que se lo iba a permitir. Y que sería fantástico.

—¿Mila? —dijo la voz de Kassidy.

Troy se apartó al instante.

Mila volvió a la realidad.

—Estoy aquí —dijo.

—Tengo un concierto esta noche —dijo Kassidy—. Es uno bueno. En el Ripple Branch, en la avenida Georgia. Han tenido una cancelación. —Apareció en el umbral—. ¿Puedes venir conmigo?

—Me encantaría —respondió Mila.

Kassidy respiró hondo.

—¿Te importa quedarte de canguro? —preguntó a Troy.

—¿Qué?

—Drake se dormirá a las ocho —explicó Kassidy—. Y yo no tengo que irme hasta las siete. Solo tienes que darle un baño rápido, un biberón y darle cuerda a su juguete de la selva arcoíris. Le encanta mirarlo mientras se queda dormido.

—Parece fácil —musitó Mila.

–Lárguese –gruñó Troy–. Usted no trabaja aquí.

–Su hermana necesita protección.

–Mi hermana necesita una niñera.

–Antes de pelearse conmigo, eche un vistazo a lo que he descubierto –dijo Mila–. Yo no diría que la situación de su hermana es de alto riesgo, pero tampoco es de cero.

–Nada es de cero –repuso él.

–Ahí hay algo –insistió Mila.

La ansiedad de Kassidy era real, su instinto le decía que se protegiera. Y a Mila no le gustaba ignorar el instinto.

–Es usted muy transparente –ladró él.

–Crea lo que quiera. Contráteme o no me contrate, pero esta noche iré al concierto con Kassidy.

–Es un país libre –murmuró Troy con frialdad. Miró a su hermana–. Llama a una canguro antes de irte –dijo–. Yo tengo trabajo.

En la sala de control, Vegas volvió la cabeza al entrar Troy y miró a Drake, que dormía plácidamente sobre su hombro.

–¿Un empleado nuevo? –preguntó.

–Es el programa de aprendizaje –repuso Troy.

Dos docenas de pantallas decoraban las paredes, donde recibían imágenes de cámaras fijas y móviles, rastreaban aparatos e información de sus oficinas internacionales. A esa hora de la noche, la gente llegaba al trabajo en Dubái.

–Asumo que este es el sobrino nuevo –comentó Vegas.

–Hay una niñera en camino. Ha tenido problemas con el coche o con un niño o con algo.

Troy solo sabía que estaba solo con Drake. Y no le gustaba.

–¿Kassidy ha salido? –preguntó Vegas, con tono de desaprobación.

–Está trabajando.

Vegas miró a Drake de arriba abajo.

–No lo entiendo –comentó–. Si se hubiera quedado embarazada ella, sí, pero así…

–Estás hablando de mi hermana.

–Que no es precisamente muy maternal –repuso Vegas.

–Estoy pensando en una niñera a tiempo completo –comentó Troy.

Vegas soltó una risita.

–¿Una para cada uno de ellos?

Troy abrió la boca para defender de nuevo a su hermana, pero no dijo nada. No tenía sentido fingir que Kassidy estaba en posición de criar a un niño, y para él era un misterio por qué una madre soltera agonizante le había hecho prometer a su hermana que cuidaría de su hijo.

–He visto que Mila se ha ido con ella –comentó Vegas.

–No la he contratado.

–¿Y ella lo sabe?

–Sí.

–No va equipada –comentó Vegas. No era una pregunta. Si Mila llevara una cámara o un aparato de comunicaciones, Vegas lo vería en los monitores.

–No es una operación, es un concierto.

–¿Habéis analizado los datos?

–Todos no. Todavía no. Son cartas de fans. Si Kassidy se pasea por el escenario vestida con lencería cantando melodías pop, es normal que algunos tíos hagan comentarios.

–¿Tú crees que no hay peligro?

–¿Tú crees que sí?

Vegas se encogió de hombros.

–Lo dudo.

Troy se sentó en una de las sillas con ruedas.

–¿Qué pasa en Oriente Medio? –preguntó.

Vegas se acercó con el zoom a la imagen de una pantalla.

–El príncipe Martin trasnochó y el coche está ya delante del hotel. Cuando se fue de la fiesta, llevaba una supermodelo colgada del brazo.

El príncipe Martin era un hombre treintañero muy rico que apoyaba sinceramente el capitalismo y un régimen regulador. Contaba con el respeto de sus compatriotas y la comprensión de Occidente. Y a nadie parecía importarle lo que hacía o dejaba de hacer en su vida privada.

–¿Se sabe algo nuevo de la manifestación? –preguntó Troy.

–Tranquila. John tiene cinco hombres infiltrados entre la gente. Están en comunicación con la policía local.

–En cuanto termine el discurso, pasa detrás del cristal.

–Ese es el plan –asintió Vegas.

No se atrevían a situar el podio detrás del cristal blindado, pero habían levantado una barrera a cada lado del escenario para que solo quedara expuesto un dignatario cada vez.

—¿Los francotiradores? —preguntó Troy.

—Dos nuestros y cinco del departamento de policía. Martin consintió en el chaleco salvavidas.

—Hay una primera vez para todo —murmuró en un susurro Troy.

Drake se retorció en su hombro.

—¿Qué vas a hacer si tiene hambre? —preguntó Vegas.

—La niñera llegará en cualquier momento —repuso Troy. Pero su amigo tenía razón. Drake acabaría por tener hambre.

—¿Kassidy te ha dejado un biberón?

—¿Cómo dices? —preguntó Troy.

—Asumo que la niñera está desaparecida en combate. Mira en el frigorífico. Seguro que hay biberones.

—Es una niñera, no una fugitiva. Llegará en cualquier momento.

Drake volvió a retorcerse.

—¿Desde cuándo te importan los bebés? —preguntó Troy.

—Parece intranquilo.

—Se supone que dormirá horas.

—Lo que tú digas. —Vegas miró una pantalla y pulsó un interruptor en sus auriculares—. Boomer está en ese trabajo de Río, ¿recuerdas? Está huyendo.

—¿Qué ha pasado?

—Ha habido tiros.

—¿Contra el grupo de música? —Troy no podía creer lo que oía.

–No hay bajas. Están en el autobús camino del hotel.

Boomer estaba en un festival de jazz de Río de Janeiro con un grupo de California. El festival no tenía historial de violencia y lo habían considerado una operación de rutina.

–Creen que probablemente eran disparos de celebración –comentó Vegas–. Pero Boomer no ha querido correr riesgos.

–Buena decisión.

–Recibido –dijo Vegas en su micrófono. Sonrió–. Ya no van al hotel. Se han cruzado con una fiesta en la playa. Boomer llamará a un par de refuerzos.

Sonó el teléfono de Troy.

–¿Sí?

–¿Troy? Soy Mila. Kassidy me ha dado tu número privado.

La voz de la joven lo pilló por sorpresa. Por alguna razón, parecía resonar en sus huesos.

–¿Ocurre algo? –preguntó.

–He pensado que querrías que te informara.

–Lo que quiero es una niñera.

–¿No ha llegado todavía?

–No.

–Kassidy está en el escenario. El público está como loco. Es muy buena, Troy.

–Ya lo sé.

–Me refiero a buena de verdad. Hay algo en el público. Una energía, casi fervor. Esto va a ir a más y creo que debes de pensar en formalizar su seguridad.

–A ver si lo adivino. ¿Tú quieres dirigir eso?

–Claro.

–Era una broma, Mila.

–Yo hablo en serio.

–Tú quieres un trabajo.

–Tengo que irme. Hablaremos luego.

Troy suspiró y guardó el teléfono. Drake gimió en sueños. Vegas miró al bebé.

–¿Estás dispuesto ya a mirar en el frigorífico?

Capítulo Tres

Mila y Kassidy entraron en el apartamento de Troy a las tres de la mañana. La actuación había sido magnífica. Kassidy había sido reclamada al escenario un par de veces y el mánager del club había hablado ya con Eileen Renard para pedir más actuaciones. Las redes sociales hervían de comentarios.

—Soy tendencia —susurró Kassidy cuando la puerta del apartamento se cerró tras ellas. —Miró la pantalla de su teléfono—. Casi todo es bueno.

—Mañana revisaré los mensajes —dijo Mila.

Estaba agotada y pensaba retirarse en cuanto recogiera los emails impresos de la mesa del comedor de Troy. Al día siguiente continuaría con su análisis.

—Oh, mira —dijo Kassidy, que se había detenido en el umbral de la sala de estar—. ¡Qué tierno!

Mila siguió su mirada y vio a Troy dormido en su sofá. Estaba de espaldas, con Drake extendido sobre su pecho con los ojos cerrados y la cara apretada en el hueco del cuello de Troy.

—Mucho —musitó Mila.

Troy abrió los ojos.

—¿Qué ha sido de Alice Miller? —preguntó Kassidy.

—Se fue. —Troy se sentó con Drake en los brazos—. Y este durmió hasta cinco minutos después de que ella se fuera.

Kassidy se acercó a quitarle a Drake.

—Pronto tendrá hambre. —Miró a su hermano.

—¿Qué? —preguntó este.

—Les he gustado mucho —comentó Kassidy.

—Ha estado fantástica —añadió Mila.

Había sido una noche emocionante para Kassidy y confiaba en que Troy no se la estropeara.

—¿Y ganarás bastante para una niñera a tiempo completo? —preguntó él.

—Supongo —repuso Kassidy, que no parecía muy segura.

Drake empezó a llorar y la joven le frotó la espalda y lo acunó para calmarlo.

—Tranquilo, pequeñín. Vamos a buscarte un biberón.

Se dirigió a la cocina. Troy se puso de pie.

—¿Ahora es cuando me recuerdas que necesita un guardaespaldas? —preguntó.

—Lo que necesita tu hermana es un plan de seguridad como es debido.

—Ya empezamos —dijo él.

—No. Eso es una conversación para mañana. Ahora me llevo mi análisis y me voy a casa. Dile a Kassidy que la llamaré y le diré lo que encuentre.

—¿Qué es lo que buscas?

—No lo sé todavía. Revisaré las fotos que he hecho hoy y los mensajes de las redes sociales y veré lo que surge. En ese momento es *trending topic*, así que habrá mucho material.

—¿Dónde es *trending*?

—Solo aquí en Washington.

Él asintió pensativo.

—¿Cuánta gente había esta noche?

–Lleno. Creo que eso son trescientas personas. Y había cola fuera.

–¿Eso es lo normal en el Ripple Branch?

–El encargado ha dicho que los jueves suelen llenar dos tercios.

–Y querrá que vuelva ella.

–Él y una docena de lugares más de la zona –repuso Mila–. He investigado un poco a Eileen Renard. Parece genuina y encantada con esto.

–¿La has investigado?

–Sí.

–¿Y tienes fotos de esta noche?

–Del público, la cola de fuera, los empleados y los que buscaban autógrafos en la puerta trasera.

–¿Tienes una lista de las nuevas ofertas de bolos?

Mila sacó su teléfono del bolsillo e iluminó la pantalla para mostrársela.

–Has hecho una lista –dijo él sin mirarla.

–Por supuesto.

–Estás contratada.

–¿Cómo?

–Temporalmente. Quiero que protejas a Kassidy.

–Es una decisión inteligente –dijo ella.

Él la miró divertido.

–¿Te vas a poner chula conmigo?

–No. La confianza es distinta que la arrogancia. Yo estaba allí esta noche. He visto lo que he visto y confío en mi valoración.

–Tú crees que necesita una estrategia de seguridad.

–Sí.

–Hablaremos mañana.

Drake empezó a llorar en la cocina.

–Y una niñera –añadió Troy–. Definitivamente, tenemos que hablar de una niñera.

Mila estaba sentada enfrente de su hermana Zoey al lado de la ventana de una cafetería de Benson Street. En la mesa había cafés con leche y magdalenas de plátano recién hechas. La lluvia salpicaba los cristales.

–Todo lo que vale la pena hacer tiene una barrera alta en la entrada –dijo Zoey.

–¿Es preciso que cites a mamá tan temprano? –Mila cortó su magdalena por la mitad y empezó a untar mantequilla.

Zoey sonrió.

–¿Has dormido poco?

–Un par de horas. –Mila tomó un sorbo de café.

–Es muy sexy –dijo Zoey. Enseñó a Mila su teléfono con una foto que había encontrado de Troy.

–Eso me da igual –repuso Mila–. Es un poco irritante y un machista. Pero es muy bueno en el trabajo y puedo aprender mucho de él. Eso es lo único que me importa ahora.

–¿Y me lo presentarás a mí? –preguntó Zoey.

–No. ¿Crees que quiero que mi hermana salga con mi jefe? –contestó Mila.

Su hermana medía casi un metro ochenta, estaba delgada como una modelo, siempre vestía para triunfar y los hombres zumbaban a su alrededor como las abejas en una colmena.

Zoey soltó una carcajada.

–¿Lo quieres para ti?

–No.

–Espera un momento. –Zoey observó la expresión de su hermana–. A ti te interesa ese hombre.

–No es verdad.

–Si tú lo dices. –Zoey sonrió.

–Basta ya. Estamos hablando de mi carrera, no de mi vida amorosa.

–Pues hablemos de la mía. He conocido a un hombre.

–¿Uno solo? –preguntó Mila, sorprendida.

Zoey salía con muchos hombres. Su carrera era lo primero y evitaba las exigencias que supondría una relación seria. Era la socia más joven de su prestigioso bufete de abogados.

–Sí.

–¿Y entonces por qué quieres conocer a Troy?

–No quiero. Quería ver tu reacción porque él parece tu tipo.

–Un hombre irritante y machista no puede ser mi tipo.

–Te gustan los hombres duros. Sé lo que piensas de los metrosexuales.

–Solo porque no soporto el *afterhsave* –contestó Mila.

Era cierto que prefería los hombres con testosterona evidente, a los que no pudiera dominar físicamente en menos de un minuto. No había razones concretas para esa preferencia, simplemente sus hormonas funcionaban así.

–Pero hablemos de tu nuevo hombre. ¿Es abogado?

–Es juez.

–¿Te está permitido salir con jueces?

–Claro. Por supuesto, no puedo salir con él y llevar un caso en su tribunal al mismo tiempo.

–Pero por lo demás…

–Por lo demás, bien. Al menos desde el punto de vista profesional.

–¿Qué es lo que me ocultas?

–Es Dustin Earl.

Mila movió la cabeza.

–¿Sales con el juez que aprobó la demolición del Edificio Turret?

Zoey apretó los labios.

–Ese edificio tenía más de doscientos años.

–Por eso precisamente había que preservarlo –repuso Mila, que se lo había oído decir a su madre.

–Se estaba cayendo.

–A mamá le va a dar un ataque.

Su madre, Louise Stern, era también jueza. Consideraba al juez Earl un advenedizo atrevido que no sabía apreciar el impacto de largo alcance de sus decisiones. No estaban de acuerdo en casi nada, pero su desavenencia más sonada había sido sobre el destino del Edificio Turret.

–Dímelo a mí. –Zoey se metió un trozo de magdalena en la boca.

–¿Se lo vas a decir a papá y a ella?

–No se lo diré a nadie.

–Me lo has dicho a mí.

–Tú no cuentas.

Mila no pudo reprimir una sonrisa.

–Vaya, gracias.

–Tú sabes lo que quiero decir. No se lo puedes decir a nuestros padres ni a Rand ni a Franklin.

Rand, el hermano mayor, era un capitán condecorado de un crucero de la Marina situado en algún lugar del Mediterráneo. Las misiones de Franklin como boina verde del Ejército eran secretas. Pero seguramente estaría en alguna jungla vigilando a carteles de la droga o rebeldes.

–Tu secreto está a salvo conmigo –repuso Mila. Tengo otras preocupaciones.

–Preocupaciones como Troy Keiser –murmuró su hermana.

Mila rehusó morder el anzuelo.

–Si no consigo que me contrate de un modo fijo, tendré que explicarle un fracaso profesional a la familia –dijo.

No exageraba. Si Troy la rechazaba, habría cuatro sargentos gritándole que volviera a intentarlo. Si un empleo con Troy Keiser era la mejor credencial posible para su futura carrera, eso era lo que Mila tenía que conseguir. Sin vacilaciones ni excusas.

–Ahora voy para Seguridad Pinion –dijo.

–Demuéstrale lo que vales, hermanita.

–Esta mañana solo tengo que hacer papeles –repuso Mila–. Y después de eso, buscar una niñera.

–¿Una niñera?

–Kassidy no podrá actuar sin alguien que cuide de Drake.

–Y si no puede actuar, no correrá peligro. Y si no corre peligro, no puedes salvarla.

Mila frunció el ceño.

–Mi plan es que no corra peligro. Si no hay peligro, también he hecho mi trabajo.

–Pero Troy Keiser no estará muy impresionado si la mantienes a salvo de nada.

Mila sabía que su hermana tenía razón, pero no podía desearle ningún peligro a Kassidy. Y lo más estúpido que podía hacer sería ver cosas que no existían. Tendría que procurar no esforzarse demasiado por ver peligros.

Esa mañana Troy no había podido evitar dudar de su decisión de contratar a Mila. Las dudas no eran algo habitual en él. No podía permitírselas. Su trabajo exigía tomar decisiones en segundos.

–¿Cómo te convenció? –preguntó Vegas, en el despacho que compartían.

Era una estancia funcional, con un par de sillas para visitas, ordenadores, monitores, una anticuada pizarra blanca y una gran mesa de trabajo rectangular en el centro. Los dos escritorios estaban colocados juntos delante de las ventanas con vistas al río.

–Fue por Drake. Me da igual quién lo haga, pero alguien tiene que contratar a una niñera.

–Eso podía hacerlo Kassidy.

–Mila parece metódica. Eso me gusta.

–¿Crees que Kassidy corre un peligro real?

–Creo que Mila lo descubrirá. Si no es nada, fantástico. Cuando tengamos niñera, se podrá largar.

–¿Has preparado las pruebas de entrada de personal? –preguntó Vegas.

Troy lo miró sorprendido.

–No. Esto no es una contratación normal.

Todos los agentes de seguridad de Pinion tenían que pasar exámenes de teoría, habilidades técnicas, manejo de armas y buena forma física. Había un ochenta por ciento de fracasos, incluso entre exmilitares. La carrera de obstáculos era especialmente dura. Era imposible que pudiera completarla una mujer.

—¿O sea que rebajas los requisitos? —preguntó Vegas.

—Sí. Por ella. Es una misión única, ella no es…

—No te atrevas a rebajar los requisitos —lo interrumpió la voz de Mila desde el umbral.

Ambos hombres se volvieron al oírla. Troy se puso de pie.

—Esto es una conversación privada —dijo.

—Pues deberías haber cerrado la puerta. —Los ojos verdes de ella eran duros como esmeraldas—. No quiero ventajas especiales para mujeres.

—Eres una mujer —repuso Troy—. Y el empleo es temporal. Los exámenes serían una pérdida de tiempo.

—Entonces los haré en mi tiempo libre. Ya será bastante duro ganarme el respeto de los demás agentes sin saltarme también las pruebas de entrada.

—Tú no te vas a ganar su respeto —repuso Troy. Era la verdad y no tenía sentido fingir otra cosa.

—Así, desde luego, no.

—Y no lo necesitas. Trabajarás solo con Kassidy.

—Tal vez. —Mila entró en el despacho y se apoyó en la mesa de trabajo—. Pero eso no importa. Me verán por aquí.

—Deja que los haga —intervino Vegas.

Troy lo miró, atónito porque su amigo lo contradijera, pues Vegas solía ser reservado y circunspecto.

—No los pasará —contestó.

—Los pasaré —declaró Mila. Enderezó los hombros y se cruzó de brazos.

—¿Vas a transportar un muñeco de noventa kilos?

38

–preguntó Troy, nombrando solo uno de los más de veinte obstáculos.

–Sé levantar peso.

–¿Subir una pared de diez metros con soga? ¿Una carrera de veinte kilómetros?

–Sé correr, escalar, nadar y disparar. No asumas lo que no puedo hacer, Troy. –Se acercó a él apretando los labios.

Troy deseaba besar aquellos labios. No quería verla luchando en la carrera de obstáculos, tropezando de agotamiento, arrastrándose por el barro… Había visto a hombres duros llorar allí. ¿Cómo la iba a ayudar eso a ganarse el respeto de sus compañeros de seguridad?

–No –dijo con determinación.

–Sí. –Ella se detuvo a poca distancia de él y lo miró a los ojos.

–¿No ves que intento ayudarte? –preguntó Troy.

–¿No ves que no quiero tu ayuda? –Mila miró a Vegas–. Es tu socio. ¿Cómo hago que cambie de idea?

Vegas se encogió de hombros.

–Yo uso un whisky de malta de treinta años.

–Hecho –repuso Mila sin vacilar.

Giró sobre sus talones y salió del despacho. Vegas sonrió divertido.

–Tenía que haberle sugerido que usara el sexo –comentó.

–¿Qué?

–Veo cómo la miras.

–Eso no es lo que pasa aquí –respondió Troy.

Sí, Mila era atractiva. Y él quería besarla. Y quizá algo más. Pero era una simple cuestión de hormonas.

Además, a él le gustaban las mujeres suaves y maleables, mujeres bien peinadas con maquillaje y vestido de seda. Había diferencias entre hombres y mujeres y, por lo que a Troy respectaba, cuanto más acusadas fueran esas diferencias, mejor.

Además, él no se acostaba con empleadas.

–Ya veremos –comentó Vegas–. De momento has tomado una mala decisión. Si la metes aquí sin que tenga que hacer las pruebas, los hombres se la comerán viva.

–Se la comerán viva de todos modos. Por eso no contratamos mujeres.

–Quizá deberíamos. Si hubiéramos contratado ya a alguna, ahora esto no sería un problema tan grande.

Troy apretó la mandíbula. No hizo falta que dijera lo que pensaba.

La expresión de Vegas se suavizó.

–También hemos perdido hombres –dijo.

–Pero no por nuestra estupidez.

–Contratar a Gabriela no fue estúpido.

–Fue estúpido dejar que muriera el quinto día.

–Las operaciones a veces salen mal –dijo Vegas.

–Ella no tendría que haber entrado en aquella casa.

–No fue porque era mujer.

–Sí lo fue. –Vegas suspiró–. Fue una mala idea desde el principio.

–Desde luego –repuso Troy–. Y no pienso cometer dos veces el mismo error.

–Nadie te pide eso.

Troy miró a su amigo, pero lo que veía eran los grandes ojos marrones de Gabriela. Ella se había ido riendo de la oficina aquel día. Y era una mujer muy fuerte. Vegas interrumpió sus pensamientos.

–La carrera de obstáculos no es peligrosa –dijo–. Bueno, es peligrosa, pero no mortal. Y contratas a Mila para proteger a tu hermana.

Troy volvió al presente.

–La contrato para leer las redes sociales y buscar una niñera.

–Ella no trabaja en una burbuja. Y está entrenada. Tiene experiencia. Dale una oportunidad con las pruebas. Sabes que la respetarán más si lo intenta y fracasa que si no las hace.

Troy guardó silencio. Había sido mala idea contratar a Mila.

Y él odiaba meter la pata.

Capítulo Cuatro

–Tiempo –gritó Troy. Y se encendieron las luces en el sótano de las pruebas de tiro de Pinion.

Mila dejó el rifle AK-47 completamente montado sobre la mesa y dio un paso atrás.

Troy se acercó a la mesa y levantó el arma. La inspeccionó y probó el mecanismo.

Ella contuvo el aliento, pero los sonidos sonaban normales. ¡Menos mal!

Troy se acercó a la línea de tiro y cargó el rifle. Apretó el gatillo y sonaron tres tiros en rápida sucesión. Los tres dieron en el centro de la diana, situada a cincuenta metros.

Mila se quitó las orejeras. Pensó que él era increíblemente sexy. Si se hubiera tratado de otra persona, habría entreabierto los labios y ladeado la cabeza en un gesto de invitación. O quizá simplemente lo habría besado sin esperar a que él diera el primer paso.

–Has pasado la prueba de armas con competencia –dijo él.

–Lo sé.

El dorso de la mano de él rozó el de ella y le envió una ola de calor por el brazo. Troy no se apartó y ella tampoco lo hizo.

–¿Eso es arrogancia? –preguntó él.

–Estoy bien entrenada –contestó Mila.

Él subió los dedos por el brazo desnudo de ella.

A Mila se le contrajo el estómago. Todo su cuerpo se tensó de anticipación. El olor viril de Troy bloqueaba el olor fuerte de la pólvora. La piel de ella se calentaba y el aire húmedo se apretaba contra ella como el agua de un baño.

Él bajó la cabeza.

Ella esperó.

Los labios de él rozaron los suyos y el calor le llegó hasta el centro de su ser.

Troy gimió, se inclinó sobre ella y la rodeó con los brazos.

Ella le devolvió el beso con las manos en las caderas de él. Aquello era temerario, peligroso y claramente estúpido, pero cedió a las punzadas de excitación que le recorrían el cuerpo. Rozó la lengua de él con la suya y le maravilló la sensación.

Su cuerpo se tensó de deseo. Empujó las caderas contra los muslos de él. Las palmas de él bajaron por su espalda, apretaron su trasero y la alzaron para apretarla contra lo más íntimo de él. Los besos continuaron, calientes e impacientes, mientras él la subía a la mesa.

Deslizó las manos debajo de la camiseta de ella, rozó su cintura desnuda y empezó a subir. Mila sintió que se le endurecían los pezones bajo el sujetador de algodón, que cosquilleaban con anticipación esperando su caricia, desesperados porque los tocara.

—Esto está mal —musitó él.

Mila pensó que no, que estaba bien, demasiado bien.

—Hay cámaras —dijo él.

Aquello atrajo la atención de ella.

–¿Aquí?

Troy asintió.

–¿Nos ve alguien?

–Probablemente Vegas.

Mila luchó por aplastar sus hormonas, por recuperar el aliento e invocar la culpabilidad y la vergüenza que la situación exigía. Estaba besando a su jefe. Más que eso, se estaba enrollando como una adolescente enloquecida con el hombre que juzgaba su profesionalidad.

Aquello probablemente fuera una prueba. Había aprobado la de las armas solo para fracasar miserablemente en la de autocontrol. Se esforzó por salvar la situación con la primera idea que se le ocurrió.

–¿Habrá un contrato permanente? –preguntó–. Piénsalo. Podrías enviarme a Oriente Medio o a Sudamérica.

La expresión de él se volvió seria.

–¿Te estás quedando conmigo?

Ella subió los dedos por el pecho de él.

–Hablo muy bien español.

Él le atrapó la mano y la apretó con fuerza.

–¿Me vas a decir que esto era un modo de persuasión?

Ella lo miró a los ojos.

–Pues claro que era persuasión.

–Mientes

–¿Estás seguro?

–Lo estoy.

Ella alzó una ceja.

–¿Tan irresistible te crees? –Soltó una risita–. Piénsalo, Troy.

Él le tomó la barbilla, le inmovilizó la cabeza y la miró a los ojos.

La ansiedad embargó a Mila. Se ordenó no ceder, mantener el autocontrol. Si él sabía que se había derretido en sus brazos, la echaría a patadas.

Él apretó la mandíbula.

–Nunca vuelvas a intentar manipularme –gruñó–. ¿Has entendido?

–Sí –susurró ella.

Troy se volvió con brusquedad y ella casi cayó contra la mesa.

–¿Lo ha visto alguien más? –preguntó Troy cuando entró en la sala de control.

–No –contestó Vegas.

–Bórralo.

–Ya lo he hecho.

El alivio aflojó el nudo que Troy sentía en el pecho. Ni siquiera sabía por qué le importaba tanto. No era nada del otro mundo que los muchachos lo vieran besando a Mila.

–Gracias –dijo.

–Lo he hecho por ella.

–Lo imagino –repuso Troy.

No había razón para proteger su reputación. Era Mila la que lo pasaría mal si alguien veía las imágenes. Y aunque ella se lo había buscado, Troy no quería hacerle la vida difícil mientras estuviera allí. Solo un grandísimo imbécil haría eso.

–No sé en qué estaba pensando –murmuró para sí.

–Yo sí lo sé –repuso Vegas.

–No suelo dejar que me manipulen las mujeres.

–¿Eh? –Vegas parecía sorprendido.

–Es mejor de lo que esperaba. Lo han intentado muchas y normalmente lo veo venir a un kilómetro. Y precisamente ella, de la que tenía muchos motivos para sospechar que intentaría algo…

–¿Y por qué crees que te estaba manipulando?

–Porque busca un trabajo fijo. Y lo ha admitido ella.

Vegas lo miró.

–¿Ha admitido que intentaba manipularte?

–Sí.

Vegas movió la cabeza, miró las pantallas y pulsó un par de teclas en el ordenador.

–¿Ha pasado la prueba? –preguntó.

–Sí. Es muy buena con las armas. Su tiempo de reacción es aceptable y su actuación también.

–Sacó cien por cien en la parte táctica –recordó Vegas.

–Muchos hombres hacen eso.

–Y los contratamos.

–¿Qué quieres decir? –preguntó Troy.

–¿Qué vas a hacer si borda todas las pruebas?

–Mide un metro sesenta y dos y pesa menos de cincuenta y cinco kilos. Es imposible que pueda superar la carrera de obstáculos.

–Cierto –repuso Vegas–. Tu hermana está bajando.

Troy miró la cámara del ascensor y vio a Kassidy dentro con Drake llorando en brazos. Parecía agotada, tenía el pelo alborotado y el maquillaje estropeado.

–Me alegro de que no tengamos audio –comentó Vegas.

–Esto es ridículo –comentó Troy.

–Puede ser un buen momento para sugerirle que reconsidere su vida –comentó Vegas.

En la pantalla se abrieron las puertas del ascensor. Los gritos de Drake llegaban ya desde el pasillo. El sonido fue aumentando de volumen hasta que Kassidy entró por la puerta.

–Le están saliendo dientes –dijo.

–¿Y por eso lo traes aquí? –preguntó Troy con tono acusador.

–Tengo que hablar contigo.

–Aquí intentamos trabajar –gruñó Troy. Pero se sorprendió quitándole a Drake de los brazos.

No sentía ningún deseo de estar cerca del bebé llorón, pero su hermana parecía a punto de caer redonda al suelo y no había otro modo de evitar que sufrieran daños los dos.

Se colocó a Drake sobre el hombro y frunció el ceño cuando la nariz mocosa del niño entró en contacto con su cuello.

–Tiene las encías rojas e hinchadas –dijo Kassidy.

–¿No puedes darle algo?

–Ya lo he hecho. Más de una vez. Se supone que debería adormecerle la boca, pero no le hace nada.

–¿Cómo va la búsqueda de niñera? –preguntó Troy.

–La agencia quiere un depósito. –Kassidy se mordió el labio inferior–. Quería preguntarte…

Con el pantalón de yoga y una bonita blusa de color pastel, tenía un aire tierno e indefenso.

–Ningún problema –musitó Troy–. Lo añadiré al total.

–No hace falta que lo digas así –replicó ella.

–¿Así cómo?

–Como si no esperaras que te lo devuelva. Te lo devolveré.

–¿Has devuelto alguna vez algo? –intervino Vegas.

Kassidy se volvió hacia él.

–Ahora gano más dinero que nunca. Es solo que tarda un poco en llegar. Hay gastos y…

Vegas miró a Drake.

–Y te has buscado una nueva afición muy cara.

–No es una afición –respondió ella–. Es un ser humano. –Le quitó a Troy a Drake como si quisiera rescatarlo–. ¿Pero a vosotros qué os pasa?

–He dicho que sí –le recordó Troy–. Dile a la agencia que me envíe la factura.

–Quieren un cheque por adelantado.

–Muy bien. Lo que sea. Pero encuentra una buena niñera.

Los grandes ojos de Kassidy se llenaron de lágrimas, y Troy se sintió como una sanguijuela.

Antes de que pudiera disculparse, entró Mila.

–¿Qué pasa aquí? –le preguntó a Troy–. ¿Qué has hecho?

Esa vez fue ella la que tomó a Drake en brazos.

–¿Yo? –preguntó Troy.

–¿Por qué llora todo el mundo?

–Le están saliendo los dientes –repuso Troy.

Mila le puso una mano en el hombro a Kassidy.

–¿Ha ocurrido algo?

Kassidy negó con la cabeza.

–Necesita desesperadamente dormir –dijo Mila–. Esta noche tiene una actuación.

–¿Y qué tiene que ver eso conmigo?

Mila lo miró con el ceño fruncido y le pasó al niño.

–Espero que sea una broma –dijo Troy. Por el rabillo del ojo, vio que Vegas sonreía.

48

–Voy a acostar a Kassidy –anunció Mila.

–Estoy trabajando.

–Volveré.

–Tienes cinco minutos –dijo Troy.

Ella alzó los ojos al cielo y tiró de Kassidy hacia el pasillo.

Los gritos de Drake se convirtieron en un gimoteo.

–Buena jugada –dijo Vegas.

–Cállate.

–¿Crees que Mila volverá?

–Si no lo hace, iré en su busca –repuso Troy.

Le frotó la espalda a Drake e intentó acunarlo con la esperanza de hacerle dormir. Desde luego, el pobre niño no había tenido mucha suerte en la vida hasta ese momento.

Troy se detuvo a escuchar fuera de la puerta de su apartamento. Prefería prepararse él la cena, pero si Drake estaba despierto y llorando, saldría a cenar fuera.

Silencio.

Deslizó la tarjeta llave en la ranura, abrió la puerta y entró con cuidado en el vestíbulo. Solo se oía el zumbido de la calefacción y el golpeteo de dedos en un teclado. Dobló la esquina y pudo ver la sala de estar y, más allá, el comedor.

Mila estaba en la mesa del comedor, inclinada sobre un ordenador portátil y rodeada de papeles. Llevaba el pelo recogido en una trenza y una camiseta azul se le ceñía a los hombros. Drake dormía contra ella, equilibrado en su brazo y con la cara metida en el cuello de ella.

Troy se movió en silencio hasta donde ella pudiera verlo.

–¿Dónde está Kassidy? –susurró, cuando ella alzó la vista.

–Durmiendo.

–¿No hay niñera?

Mila negó con la cabeza.

–A las siete viene alguien a una entrevista.

–¿Qué ha pasado con la última?

–Solo hace trabajo ocasional.

–Oh. ¿Y no podría venir, ocasionalmente, esta noche?

Mila sonrió.

–Esperemos que se quede la nueva.

Drake se movió contra ella.

–¿Puedes dejarlo en la cuna? –preguntó Troy.

–Lo he intentado unas cuantas veces, pero se despierta al instante. –Mila hizo una mueca–. Tengo el brazo dormido.

Troy suspiró. Tomó con cuidado a Drake y lo acurrucó contra su hombro.

–Gracias –dijo Mila. Se frotó el brazo izquierdo.

Sus ojos se encontraron un momento con los de Troy, pero ella apartó la vista enseguida.

–Estoy trabajando con algunos archivos de los clubs de los últimos veinte bolos de Kassidy –explicó–. He convencido a los clubs de que me dieran archivos de tarjetas de crédito por las ventas de entradas y de bebidas y estoy cargando los nombres en una base de datos. Hasta el momento, no veo patrones claros. Y mucha gente paga en metálico en la puerta, así que no sé si esto nos llevará muy lejos. Pero es un comienzo.

–¿Clientes repetidos? –preguntó él. Se colocó de modo que pudiera ver la pantalla del ordenador.

–Algunos. Me faltan datos por meter. Luego revisaré las fotos a ver si el programa de reconocimiento facial encuentra algo.

Troy tenía que admitir que era un buen comienzo de la investigación. Hasta el momento, no podía ponerle pegas a su trabajo.

Miró su perfil, la nariz, la translucidez de la piel, la longitud de sus pestañas oscuras y el color intenso de sus labios gruesos. Recordó el beso. Sentía todavía el calor de esos labios, su dulzura, y volvió a ser víctima de una oleada potente de hormonas.

Ella alzó la vista y se sobresaltó al ver la cara de él.

Troy carraspeó, reprimiendo el deseo de tomarla en sus brazos.

–¿Podrás hacer otra prueba mañana? –preguntó.

Ella tardó un momento en contestar.

–¿Cuál?

–Teoría de los métodos de inteligencia. –Era una prueba escrita y él no tendría que estar presente en la habitación mientras la hacía.

–Eso no me da tiempo para estudiar.

–No tienes que estudiarlo.

–Eso no parece justo.

–Se trata de valorar lo que sabes, no lo que puedes embutir en tu cabeza en una noche.

–Esta noche estaré con tu hermana.

–¿Te parece bien a las diez?

Drake empezó a gemir en la oreja de Troy. El llanto empezaría en cualquier momento.

–No me vas a dar ninguna oportunidad, ¿verdad?

–Te doy las mismas que a todos los demás. ¿Hay un biberón por aquí? No soy un experto, pero creo que este niño tendrá hambre cuando despierte.

Mila se puso de pie y se dirigió a la cocina. Troy la siguió. Ella sacó un biberón del frigorífico y abrió el grifo del agua caliente.

–Tú quieres que no pase las pruebas –dijo.

Drake había empezado a gimotear. Respiraba hondo, preparándose obviamente para algo más.

Troy se acercó a Mila y al biberón.

–No sé qué crees que vas a conseguir –comentó–. ¿Por qué te haces pasar por esto?

–Quiero un trabajo.

–Ya te he dicho que no te contrataré indefinidamente.

Ella lo miró.

–Intento hacerte cambiar de idea.

Él luchó contra la distracción de sus ojos verdes cristalinos.

–No funcionará –dijo.

–Eso todavía no lo sabemos.

–Yo sí. Con franqueza, Mila, guarda tus fuerzas. No puedes convencerme y no puedes conseguirlo seduciéndome.

Ella cerró el grifo.

–No quiero un trabajo por el que tenga que seducir ni a ti ni a nadie.

Él arqueó las cejas con incredulidad.

–Y entonces, ¿por qué lo has intentado esta mañana?

–Sentía curiosidad por ver si funcionaría.

–No funciona –mintió él–. No te he dado el trabajo.

–Al menos todavía podía aferrarse a eso.

Ella le pasó el biberón.

–Lo habría rechazado de todos modos.

–¿Quién es la que miente ahora?

Mila pareció pensar en eso.

–Tienes razón. Miento. Lo habría aceptado. Es triste, ¿verdad?

–¿Qué tu fortaleza moral no sea como te gustaría que fuera?

Drake soltó un berrido. Mila, en lugar de contestar, le pasó el biberón a Troy y volvió a la mesa del comedor.

Troy se colocó el niño en el brazo izquierdo y le dio el biberón. El gesto no le resultó ya tan extraño como las primeras veces que lo había hecho.

–No vas a contestar, ¿verdad?

–¿Lo harías tú? –replicó Mila.

Él se sentó en una silla enfrente de ella.

–No soy quién para hablar de fortaleza moral –repuso–. Esta mañana he besado a una empleada.

Mila no levantó la vista del ordenador.

–Ella te ha devuelto el beso.

–Vegas borró la grabación.

Ella asintió.

–No pensaba en las cámaras.

–Yo siempre pienso en las cámaras.

Mila alzó la vista para mirarlo con escepticismo.

–Quizá no en ese momento preciso –admitió él.

En ese momento no había pensado en nada que no fuera ella.

–Si se viera ese vídeo, no sé quién saldría peor parado, si tú o yo –musitó ella.

–Dentro de Pinion, tú. Fuera, yo.

Ella asintió.

–Eso es verdad.

–Tengo momentos de inteligencia.

–No tienes nada que no sea inteligencia –replicó ella.

El cumplido sorprendió a Troy.

–Por eso estoy aquí –continuó Mila–. Quiero aprender de ti. Miré todas mis opciones y me di cuenta de que tú eras el hombre que más podía enseñarme.

Troy sintió un nudo en el estómago. La expresión de ella era abierta, sincera e increíblemente hermosa. Y a él no se le ocurría nada más gratificante que enseñarle todo lo que sabía de seguridad y de todo lo demás.

Pero no podía hacerlo. No podía enseñarle el oficio porque eso sería enseñarle a morir.

Capítulo Cinco

Mila, entre bastidores, se desplazaba por los mensajes con la etiqueta KassidyKeiser y KassidyRocks. Era emocionante verlos llegar por minutos, pero desconcertante tratar de seguir el ritmo. Ojeaba los comentarios sobre la voz de Kassidy, sus canciones y la ropa de esa noche. Mila no podía por menos de sonreír ante los mensajes de admiración dedicados a la cantante sexy desaliñada.

Era casi medianoche y Kassidy se hallaba en mitad de la segunda actuación. El club estaba lleno de nuevo y había cola fuera en la acera. Había pósteres de Kassidy en la pared y hasta habían colocado posavasos con su imagen. Mila tenía la impresión de que el salario de la niñera dejaría pronto de ser un problema.

Eileen llegó a su lado.

–Camisetas –dijo–. Voy a encargar camisetas y gorras.

–¿Ha hecho tú los posavasos? –preguntó Mila.

Eileen asintió.

–Y los pósteres. –Señaló el más próximo–. ¿Ves el dibujo de los focos púrpura?

–Sí.

–He pedido a una compañía de diseño que cree un logotipo con eso y una silueta de Kassidy.

–Bien.

–Siempre ayuda que la cantante sea guapísima.

–Kassidy lo es.

Aunque cubierta la mayor parte del tiempo con un pelo extravagante, maquillaje exagerado y ropa rara, Kassidy era una joven muy hermosa.

–Llegará lejos –anunció Eileen.

Mila observó la sala. Todo el público estaba de pie, apretado contra el escenario. El club debía de estar haciendo mucho dinero.

Volvió a mirar el teléfono y siguió con la lista interminable de mensajes. Hasta que una palabra llamó su atención y detuvo el pulgar.

Un mensaje de alguien llamado YoMiCorazón decía: «Drake es un niño afortunado».

Los fans habían colgado en Internet algunas fotos de Kassidy con Drake en el cochecito. La gente podía asumir fácilmente que era su hijo. Pero descubrir el nombre requería un cierto nivel de investigación.

Mila mecanografió YoMiCorazón y encontró una docena de mensajes más de las últimas horas. A juzgar por su contenido, el autor estaba allí. Miró hacia el público, pero la sala estaba oscura y caótica. Y todos tendrían un móvil.

Se le había acelerado el corazón y su instinto le decía que llamara a Troy, pero se contuvo. El mejor curso de acción era el lento y metódico.

Llamó al número principal de Pinion y contestó Edison.

–Soy Mila. ¿Podéis mirarme un número de móvil?

–¿Por qué motivo?

–Está tuiteando a Kassidy y parece sospechoso.

–Puedo –repuso Edison–. Reenvía el *tuit*.

Check Out Receipt

West Lawn

Wednesday, February
7, 2018 4:53:22 PM

Item: R0448658095
Title: Contrato por
amor
Due: 02/28/2018

Item: R0450024105
Title: Un trato con el
jefe
Due: 02/28/2018

Total items: 2

Thank You!

1169

–En camino.

Mila continuó con su revisión visual del público, buscando gente que le resultara sospechosa.

–Espera –dijo Edison–. ¿Todo lo demás va bien por allí?

–El sitio está a rebosar.

Edison soltó una risita.

–No le digas al jefe que he dicho esto, pero su hermana es terriblemente sexy.

Hubo un sonido crepitante en la línea, y el tono de Edison cambió bruscamente.

–Vegas quiere hablar contigo –dijo.

–De acuerdo.

–El teléfono es de prepago –dijo Vegas–, pero está cerca, en un radio de dos manzanas, probablemente allí mismo.

–¿Lo has leído?

–Sí. ¿Quieres refuerzos?

–No. Quizá no sea nada. Haré todas las fotos que pueda.

–¿Cómo va ella?

–Está fantástica. ¿Quieres que te lleve un posavasos de Kassidy Keiser?

–No, gracias, pero voy a recogeros.

–Tengo mi coche.

–Os seguiré.

–De acuerdo. Mi coche está al lado de la entrada de artistas. Probablemente haya mucha gente.

–Te veo allí fuera –dijo Vegas, antes de colgar.

Mila volvió a centrarse en Kassidy. La piel le brillaba de sudor y el maquillaje empezaba a ceder. El pelo estaba revuelto, pero ya lo había estado al empezar la noche. Solo alguien que la conociera bien notaría la diferencia.

Miró la multitud, alzó el teléfono e hizo una foto panorámica. Se fijó entonces en hombres que parecían estar solos. Bajó la corta escalera hasta el suelo de la sala y fue hacia la parte de atrás haciendo a hurtadillas una foto tras otra. Se deslizó por la puerta principal, saludó a los porteros y observó a la gente en la calle.

Cuando volvió a entrar, Kassidy saludaba en medio de una ovación atronadora. Se retiró del escenario lanzando besos al público y la luz de la sala subió un poco. Teniendo en cuenta el agotamiento de Kassidy, Mila se alegró de que esa noche no hubiera bises.

Se guardó el teléfono, subió las escaleras del escenario y caminó a lo largo del telón y después por el pasillo estrecho y oscuro hasta el pequeño camerino. Se iba fijando en las caras que veía, que reconocía vagamente como empleados.

La puerta del camerino estaba abierta. Dentro, Eileen hablaba con Kassidy y uno de los músicos.

–Seis meses –decía Eileen–. Una prueba por ambas partes.

El músico, que Mila recordaba que se llamaba Arthur, se dirigió a Kassidy.

–¿Tú qué dices, preciosa?

Kassidy sonrió.

–Yo digo que sí. –Vio a Mila–. Hola. Vamos a firmar un contrato con Bumper. Eileen está organizando la gira.

A Mila no le sorprendió la noticia. Eileen llevaba toda la semana hablando de una gira. Bumper era un buen grupo de músicos y tenía sentido que siguieran juntos.

–¿Nos vamos ya? –preguntó Mila.

Kassidy suspiró.

–Supongo que sí.

–Pareces cansada.

–No lo estoy. Pero tardaremos un rato en llegar hasta el coche. ¿Sabes algo de Gabby o de Troy?

Habían encontrado una niñera, Gabby Reed, que había empezado a trabajar dos días atrás.

–Nada de nada. Eso siempre es bueno –repuso Mila.

Kassidy se colgó su bolso al hombro.

–Hasta luego –dijo.

–Adiós –repuso el músico.

–Llámame cuando te levantes mañana –pidió Eileen.

–De acuerdo.

Mila iba delante. Atajó por la cocina hasta la entrada de repartidores. Allí abrió una puerta de acero que daba a una pequeña escalera de cemento. El callejón detrás del edificio era ancho y bien iluminado. Cuando salió Kassidy, la gente congregada fuera empezó a vitorearla.

Ella sonrió ampliamente y saludó con la mano.

Había más gente que la noche anterior. Mila se metió entre ellos con Kassidy pegada a sus talones. El proceso era lento. Los fans colocaban papeles y bolígrafos en la mano de Kassidy y ponían la cara al lado de la suya para hacerse *selfies*.

Mila miraba las caras, observaba el lenguaje corporal y se fijaba en los objetos que tenía la gente en la mano. Principalmente móviles, pero también CD, bolígrafos… aunque nada que pareciera peligroso.

Sus ojos se posaron en un hombre de treinta y pocos años, pelo corto y bigote. Miraba a su alrededor con el ceño fruncido. Con chaqueta y corbata, parecía fuera de lugar. Pero le miró las manos y vio que tenía un CD.

–¿Mila?

La voz de Kassidy sonaba temblorosa detrás de ella.

Mila se volvió y vio que un hombre grande se apretaba al lado de Kassidy y hacía una foto de ellos dos juntos.

Se colocó inmediatamente entre los dos y le dio al hombre en el plexo solar con el codo, con lo que lo dejó momentáneamente sin aliento. Rodeó a Kassidy con un brazo y tiró de ella en dirección al coche.

Vegas les salió al encuentro y tomó posición al otro lado de Kassidy.

–¿Estáis bien? –preguntó.

–Todo controlado –repuso Mila. Pulsó el botón que abría su 4x4. Sin perder impulso, abrió la puerta del acompañante, lanzó a Kassidy sobre el asiento y cerró la puerta.

–¿Esto es normal? –preguntó Vegas mientras se acercaban a la puerta del conductor.

Los fans seguían haciendo fotos con flash a través de las ventanillas del vehículo.

–Hay más gente que de costumbre.

–¿Por qué no has dicho nada?

Mila se volvió.

–Lo dije. Le dije a Troy que cada vez había más gente, que su popularidad crecía. Y le recomendé en más de una ocasión que formalizáramos un plan de seguridad para Kassidy. Él pensó que buscaba un empleo a tiempo completo.

–Y lo buscas.

–Sí. Pero eso no cambia mi valoración.

–Hablaré con él.

–¿Por qué si lo dice un hombre tiene que ser verdad? –preguntó Mila con amargura.

–Porque yo no tengo intereses ocultos. Parte de tu trabajo es hacer que Troy te escuche cuando no quiere escuchar.

Mila se esforzó por no perder los estribos.

–Pides lo imposible –dijo.

–No, pido lo difícil. ¿Alguien te dijo que este trabajo no era difícil?

Mila contó hasta tres.

–No.

–Mejor.

Ella miró a la gente.

–Es el día que hay más personas y es la primera vez que alguien ha mencionado a Drake. También es la primera vez que Kassidy se ha puesto nerviosa. Y mañana le haré un informe a Troy.

–Hazlo –repuso Vegas. Miró a Kassidy–. Os sigo de vuelta.

Mila entró en el vehículo procurando controlar su decepción. Había tenido una oportunidad de impresionar a Vegas, que también era socio de la empresa, y la había estropeado.

Técnicamente no había hecho nada malo, pero él parecía creer que se había mostrado torpe.

Cerró de un portazo y agarró el volante con un juramento.

–¿Estás bien? –preguntó Kassidy.

–Sí. ¿Y tú?

–Ha sido tremendo. –Kassidy parecía más entusiasmada que asustada.

–Mañana hablaré con tu hermano. Necesitamos ayuda.

–¿Qué hace Vegas aquí?

–Lo he llamado antes. Cree que he metido la pata.

–¿Tú? ¿Cómo? Tú eres la única que me ayuda. ¿Quieres que hable con él?

Mila puso el coche en marcha.

–No. No te preocupes. Creo que se ha sorprendido. No esperaba tanta gente.

Kassidy miró por la ventanilla mientras salían del callejón a la calle.

–Yo tampoco.

–Esta noche has estado magnífica en el escenario.

–Me encantan los músicos de Bumper. Me alegra que quieran seguir conmigo.

–¿Por qué no iban a querer? Tú eres lo mejor que les ha pasado.

–Son muy buenos. En música te puede pasar que haya un cantante bueno y unos músicos buenos pero la combinación no lo sea. O que sean simplemente buenos por separados pero fantásticos juntos. –Kassidy bostezó–. ¿Te gusta Gabby?

–Sí –repuso Mila, que ya se había acostumbrado a los súbitos cambios de tema de la otra. La nueva niñera parecía tranquila y dulce, pero también organizada.

–¿Y Troy? –preguntó Kassidy–. ¿Crees que le gusta Gabby?

–¿En qué sentido? –quiso saber Mila.

Kassidy la miró un momento.

–Como niñera. ¿Creías que me refería a otra cosa?

–No, no.

–Gabby no es el tipo de Troy. Siempre ha sido… bueno, un mujeriego. Le gustan altas y rubias, con largas piernas, tacones altos y vestidas a la última moda.

Mila se dijo que no le importaba cómo le gustaran las mujeres a Troy. Si no era su tipo, mejor. No quería que la viera como una mujer, sino como una agente de seguridad.

–Un momento –comentó Kassidy–. ¿A ti te interesa…?

–No. –Mila se dio cuenta de que su respuesta era demasiado rápida y tajante–. No. Trabajo para él, nada más. ¿Crees que me vestiría así si quisiera conquistarlo?

Kassidy pareció pensarlo un momento.

–Tienes razón. ¿Esas botas? ¡Por favor!

Mila no pudo evitar mirarse los pies. Debería sentirse aliviada, pero estaba decepcionada. Eran botas de trabajo. Troy lo entendería.

Entonces se dio cuenta de que reaccionaba como si le importara lo que él pensara. No era así. Lo que pensara Troy de ella como mujer no tenía ninguna relevancia.

Mila terminó el examen sobre métodos de inteligencia media hora antes de lo previsto. Hizo clic en el cartelito de «Terminado» y esperó a que el ordenador calculara su puntuación.

Se abrió la puerta de la pequeña sala de reuniones y Troy entró y la cerró detrás de sí.

–Vegas dice que anoche minimizaste los riesgos –comentó.

–Yo no minimicé nada –repuso ella, mirándolo–. Tú no quisiste escucharme.

Él avanzó hacia ella.

–Anoche asaltaron a Kassidy.

Mila se puso de pie.

–Era un seguidor haciéndose un *selfie*.

–Vamos a montar un plan de protección.

–Estupenda idea –gruñó ella–. Lástima que no se le haya ocurrido a nadie antes.

Él la miró con ojos llameantes.

–No sé qué voy a hacer contigo, pero vamos a aumentar la protección de Kassidy. Vegas asumirá el mando.

–¿Qué? –A Mila le tembló la voz–. Espera. No. Kassidy es mi trabajo. No lo hagas.

Él se acercó más, la miró a los ojos y rozó con la mano el brazo de ella.

–¿Que no haga qué? –susurró.

Sus ojos azules se suavizaron y entreabrió los labios.

Mila sintió una descarga eléctrica por todo su cuerpo. La iba a besar. Le cosquillearon las manos. Tocó el brazo de él y sintió el acero de sus músculos, el calor de su piel y el roce de la manga de su camiseta.

Al segundo siguiente, él la estaba besando. Colocó las manos en la base de la columna de ella y la atrajo hacia sí. Mila se arqueó contra él, alzó la barbilla, entreabrió los labios y se lanzó al paraíso.

Besaba muy bien. La presión era la correcta, el ángulo perfecto y el sabor fantástico. Se agarró a los brazos de él para anclarse allí mientras el mundo empezaba a girar más deprisa.

–Esto es ridículo.

La voz de Vegas fue como un chorro de agua fría. Mila se apartó en el acto, pero Troy mantuvo las caderas de ella pegadas a él.

–Sois adultos. Si queréis hacerlo…

–No queremos –gruñó Mila, sonrojada.

–Lo que tú digas. –Vegas movió la cabeza con exasperación y se acercó al ordenador–. Has sacado noventa y ocho –dijo.

Mila se animó de inmediato.

–¿En el examen?

–Desde luego, no estaba calificando el beso. –Vegas giró la pantalla hacia ella.

Mila miró la puntuación y sonrió.

–¿Eso es bueno? Tiene que ser bueno.

–Eso son cuatro preguntas equivocadas –intervino Troy.

–¿Cuánto suele sacar la gente? –preguntó ella.

–Es bueno –dijo Vegas.

–Apruebas en teoría –dijo Troy.

–Y en planificación –añadió ella–. Y en trabajo de campo y en informes y análisis.

–¿Cuándo vuelve a actuar Kassidy? –preguntó Troy.

Su comportamiento se había vuelto profesional, distante. Ella se dijo que era mejor así.

–El jueves –contestó–. Cuatro días.

–Quiero tu informe hoy.

Mila asintió.

–Lo que más me preocupa es la mención de Drake. Implica una investigación personal, de su vida privada.

Estoy pensando en tres personas. Una fuera, yo entre bastidores y una entre la multitud.

–Vegas puede…

–No necesito a Vegas –interrumpió Mila.

Troy la miró con ojos llameantes.

–Vegas puede aprobar el plan, pero no necesitar estar allí –dijo ella.

Troy miró a su socio.

–El tipo quiere acercarse a ella –dijo Mila–. Probablemente querrá salir con ella. No hay nada que indique que quiera hacerle daño. Habéis pasado de cero a cien en un segundo.

Vegas se dirigió a la puerta.

–Aclaraos vosotros –dijo antes de salir–. Yo estaré en la sala de control viendo cómo se compra un yate nuevo el príncipe Martin.

–Tú no puedes dictar tu trabajo –dijo Troy en cuanto se quedó a solas con Mila.

–Puedo hacer recomendaciones –repuso ella. Si se dejaba apartar del caso, jamás podría probar su valía–. ¿No las hacen otros agentes de seguridad?

Troy no contestó.

–Prueba esto. Cierra los ojos y finge que soy un hombre.

–Eso no va a pasar.

Mila se sentó en una de las sillas de la mesa de conferencias.

–Por favor, siéntate para que podamos hablar.

Él hizo un gesto de impaciencia, pero se sentó.

–Solo te pido que me dejes forjar un plan para Kassidy. Si no te gusta, muy bien. Si crees que soy incompetente, dáselo a Vegas. Pero dame la oportunidad de mostrar lo que puedo hacer. Solo soy una agente de seguridad más.

–No lo eres.

–Olvida que me has besado.

–No puedo.

–Es preciso.

–Quizá Vegas tenga razón. Deberíamos llegar al final.

–Deberíamos… –Mila de pronto entendió lo que quería decir–. ¿Crees que deberíamos acostarnos?

–Eso podría aliviar la tensión. Fingir que eres un hombre no funcionará.

Ella alzó la voz con indignación… y un leve toque de pánico.

–Pues tener una aventura con mi jefe tampoco funcionará.

Troy se recostó en la silla.

–Seguramente tienes razón. Pero sería divertido.

Se miraron.

–¿Por eso no contratas a mujeres? –preguntó ella–. ¿Porque no puedes dejar de tocarlas?

Troy se echó a reír.

–Eso es absurdo. Yo tengo un autocontrol enorme.

–Yo también.

Ambos guardaron silencio y se miraron a los ojos. En la mejilla de Troy se movió un músculo. Mila casi podía oír la pregunta que pasaba por el cerebro de él. Era la misma que se hacía ella.

Si aquello era cierto, ¿qué demonios era lo que acababa de pasar?

Capítulo Seis

Mila y su hermana Zoey pedaleaban una al lado de la otra por el carril bici a lo largo del Potomac. La fría mañana de domingo había dado paso a una tarde soleada. Mila tenía mucho trabajo pendiente sobre el plan de seguridad de Kassidy, pero le había parecido buena idea despejarse la mente con aire fresco.

–Es un problema que te atraiga tu jefe –comentó Zoey–. Y tú a él. Confío en que sepas controlarte.

–¿Por qué no te fías de él? No lo conoces.

–Los hombres son hombres –repuso Zoey–. En ciertos momentos no tienen mucho autocontrol.

–En ciertos momentos, parece que yo tampoco.

–No puedes acostarte con él. –Zoey parecía preocupada.

–Me lo ofreció y le dije que no. Lo que necesito es un plan de protección para Kassidy. Eso le ayudará a verme de otro modo.

–¿Y cómo vas?

–Despacio –dijo Mila–. Empiezo a pensar que ese tal YoMiCorazón utiliza más de un alias.

–¿Por qué crees eso?

–Por algunas palabras específicas. Vigilar, mirada, vista y ventana. Aunque en casa de Troy ella está en un noveno piso.

–Puede usar prismáticos.

–Lo he pensado.

–¿Eso cambia tu plan de seguridad? –preguntó Zoey.

Mila asintió.

–Un plan de amplio espectro es diferente a un plan para una amenaza concreta.

–¿Y no puedes hacer dos planes, uno para cada escenario?

–Eso demostraría falta de fe en mi propio análisis –repuso Mila–. El camino más seguro es un plan de amplio espectro.

–Si no tuvieras en cuenta lo que pueda pensar Troy, ¿qué harías?

–La amenaza concreta –repuso Mila sin vacilar.

Había algo raro en YoMiCorazón. Y Mila no podía sacarse de la cabeza al hombre de la americana. Tal vez buscaba solo que le firmaran el CD, pero estaba irritado. ¿Con Kassidy, con alguien de los que la rodeaban o con la situación?

–Pues sigue tu instinto –recomendó Zoey–. Él sabe lo que hace, pero tú también.

–Ayer le pregunté si no contrataba mujeres porque no podía dejar de tocarlas.

Zoey sonrió.

–Eso no te ayudará a conseguir el trabajo, pero me gusta tu estilo. ¿Qué te dijo?

–Que tiene un gran autocontrol. Parecía sincero. O eso me dice mi intuición.

–Pues entonces le ha dado fuerte contigo.

Mila se miró los pantalones de yoga, la camiseta desgastada, las zapatillas viejas y el cortavientos unisex. Llevaba el pelo recogido en una coleta y había salido de casa sin maquillar. Como casi siempre.

–¿Por qué? –preguntó a su hermana–. Yo no soy tú.

Zoey alzó los ojos al cielo.

–Porque su intuición le dice que le darías hijos sanos. –Sonrió–. O que protegerías a la familia y la aldea. Que podrías despellejar y cocinar el mastodonte. Nuestros impulsos primitivos son eso, impulsos primitivos. No podemos controlarlos.

–Yo no despellejo nada. Y creo que no me interesa que un hombre me vea como una futura madre sana.

–Seamos justas –comentó Zoey–. Tú siempre buscas un hombre sano y en forma.

Mila tuvo que admitir que era cierto.

–¿Soy una superficial?

–En absoluto. Tu cerebro primitivo te dice que puede cazar y defender a tus hijos.

–Mi cerebro primitivo es irritante.

Mila no quería desear a Troy. Pero lo deseaba. Quería acostarse con él. Al menos a un nivel primitivo.

Menos mal que su cerebro no primitivo podía vencer a sus instintos.

Mila llevaba más de la mitad de la carrera de obstáculos, y Troy no podía por menos de sentirse impresionado. La fuerza de ella dejaba algo que desear, pero si calificara por determinación, tendría que darle las mejores notas. Desgraciadamente, no era así.

El circuito estaba situado detrás del edifico de la compañía. Se permitían cuatro horas para terminarlo, pero la mayoría de los que lo completaban con éxito lo hacían en tres.

Mila lo hizo bien en los retos de equilibrio. Era obvio que corría mucho. Y lo había hecho mejor de lo esperado en los obstáculos de agua y barro. Su gran reto era la fuerza. Estaba a mitad de camino de la pared que había que subir con cuerda y los brazos le temblaban por la tensión.

–¿Quieres dejarlo? –le gritó él.

Le faltaba todavía un tercio del circuito, y era imposible que lo terminara en el tiempo que le quedaba.

–No –gritó ella a su vez.

–Llevas tres horas cuarenta y dos minutos.

Ella siguió subiendo sin contestar. Cuando llegó arriba, él, por una parte quería aplaudir, y por otra quería gritarle que se rindiera de una vez. Era imposible que lo consiguiera.

Ella plantó un pie en la soga para bajar y se agarró con la mano. Movió el otro pie y agarró el siguiente asidero y después otro.

Pero entonces perdió pie y, por un segundo terrorífico, quedó colgando de una mano antes de que la soga le resbalara de los dedos.

Se caía, y Troy echó a correr, desesperado por cazarla al vuelo y parar al menos en parte su caída. Pero estaba demasiado lejos, no llegaría.

Ella aterrizó de pie sobre el montón de heno, se le doblaron las piernas y cayó de espaldas.

–Mila –gritó él, cayendo de rodillas–. No te muevas.

–Estoy bien –musitó ella. Parpadeó.

–Te has caído diez metros. ¿Puedes mover los dedos?

–Sí. –Ella empezó a sentarse.

–No te muevas. –Troy necesitaba saber si se había roto algo.

–¿Eso es legal? –preguntó ella–. ¿Hay un límite a la distancia desde la que puedo saltar?

–Tú no has saltado.

–Sí he saltado. –Mila se incorporó, sentada–. ¿Estoy descalificada?

–No. Te has caído. Necesitas un médico.

–Lo veré luego –repuso ella. Se puso en pie tambaleante–. Soy una agente de seguridad y puedo seguir.

–Te quedan quince minutos.

Ella echó a andar hacia la viga de equilibrio, pero sacudió la cabeza y se puso al trote.

Troy quería pararla. Todos sus instintos le decían que ella no debería estar allí, que aquello no era para una mujer. Y después de la viga de equilibrio tenía que arrastrarse entre barro y alambre, hacer cien flexiones, cargar con el muñeco y subir neumáticos. Y todo eso antes de correr tres kilómetros hasta la línea de meta.

Estaba arrastrándose cuando sonó la bocina. Se detuvo, gimió y plantó la cara en el barro.

Cualquier persona cuerda se habría alegrado de que terminara aquello. Ella no parecía alegrarse. Y por otra parte, tampoco parecía cuerda.

Troy se acercó.

–¿Mila?

Ella no contestó.

–¿Respiras?

Mila asintió débilmente.

Él entró en el obstáculo y separó dos alambres para hacerle un hueco. Ella salió de rodillas y se levantó despacio, con el peso añadido del barro. Se tambaleó a un lado y Troy la agarró con firmeza por los hombros.

–¿Estás bien? –preguntó.

–Decepcionada.

–Lo has hecho mejor de lo que yo esperaba.

–Pero no lo bastante bien.

–No te has rendido.

–No gracias a ti. –Ella lo golpeó en el pecho.

–Tenía miedo de que te hicieras daño.

–Sí, sí, lo sé. Soy una chica y, por lo tanto, no puedo hacerlo –dijo Mila con un suspiro–. Estoy sucia. ¿Me puedes decir dónde está la ducha?

–No tenemos duchas de mujeres.

–Me da igual.

–A mí no. –Troy no tenía intención de dejar que se desnudara en el vestuario de los hombres.

La ayudó a subir a un todoterreno de la compañía para volver al edificio de Pinion.

–Te puedes duchar en mi cuarto de baño.

Ella lo miró horrorizada.

–No pienso subir así. Te estropearé el apartamento.

A él no le importaba eso en aquel momento, pero sabía que ella tenía razón.

–Muy bien –dijo–. Te aclararemos en el vestuario. Totalmente vestida. Y luego subes arriba.

–¿Y te inundo las alfombras?

–Sobrevivirán –dijo Troy. Paró el coche en la entrada trasera.

Vegas les salió al encuentro.

–Lo has hecho muy bien –le dijo a Mila.

–Para ser chica –gruñó ella.

Vegas sonrió.

–Me has hecho ganar cincuenta pavos. Yo dije que llegarías hasta la zona de arrastrarse. Fui el más optimista de todos.

73

Mila entrecerró los ojos.

–¿Habéis hecho apuestas sobre mí?

–Claro. Con un grupo de agentes.

Ella miró a Troy.

–¿Tú también?

–Él dijo que no pasarías de la pared de soga –comentó Vegas.

–¿Por eso intentaste pararme allí?

Troy se sintió insultado.

–Sí –gruñó–. Deseaba desesperadamente ganar cincuenta pavos. Vamos a la ducha. Estás llena de barro.

Mila se llevó una mano a la mejilla, donde se secaba ya el barro.

–En un spa tendrías que pagar por eso –comentó Vegas.

–No podéis dejar de hacer chistes de chicas, ¿verdad? –preguntó ella.

–Y tú no puedes controlar tu susceptibilidad –intervino Troy.

–Yo no soy…

–Sí lo eres. Vamos.

Echó a andar, y Mila lo siguió.

–Tendrás que dejar que hagan bromas –dijo Troy–. Si un hombre no termina, se burlan. Si es lento, también. Si es demasiado fuerte o dispara bien o lo que sea, igual. Lo que quiera que destaque, sea positivo o negativo, se nota y se reconoce así. Tú eres una mujer, y eso no pueden ignorarlo.

Abrió la puerta y preguntó si había alguien. No hubo respuesta, así que entraron. Troy señaló la parte de atrás del vestuario, el umbral de ladrillo pintado que llevaba a las duchas comunales.

–Adelante.

Ella se quitó los zapatos y los calcetines y entró en la ducha.

Troy oyó caer el agua sobre el suelo de cemento.

–Lo que dices es que me relaje y lo acepte –dijo ella.

–Sí.

–¿Por qué?

–Para que sepan que tienes sentido del humor, que puedes aceptar las bromas. Así sabrán que no tienen que ir pisando huevos contigo.

Troy se dio cuenta de que no tenía por qué gritar. Ella no se iba a quitar la ropa. Entró en el cuarto de las duchas. Ella tenía los ojos cerrados.

–Quiero decir por qué me ayudas.

–Estoy aquí.

Ella abrió los ojos.

–¿Por qué debo creerte? Tú no me quieres aquí.

¿Por qué la ayudaba? A Troy no le gustaba la posible respuesta a eso.

–Quizá quiera seducirte –respondió.

–No funcionará –replicó ella.

Se abrió la puerta y Troy se volvió hacia el sonido.

–Hay una mujer dentro –gritó.

Al darse cuenta de lo que parecería aquello, salió a explicar la situación. El recién llegado era Edison, y aceptó su historia sin hacer preguntas.

Cuando Troy volvió a las duchas, Mila tenía una toalla en la mano y daba golpecitos con ella sobre la ropa. Las zapatillas de deporte y los calcetines estaban aclarados en el suelo. Troy los tomó.

–¿Vamos a hacer esto de verdad? –preguntó.

Más tarde, cuando salió del baño de invitados de Troy, Mila detectó un olor inconfundible a salchichas, tomate, pan y queso y echó a andar hacia la sala de estar.

Llevaba una bata negra de algodón que le llegaba por debajo de las rodillas y podía darle casi dos vueltas al cuerpo.

Encontró a Troy en el sofá con una caja de pizza y dos botellas de cerveza en la mesita de café.

—Espero que te gusten las salchichas y los champiñones —dijo al verla.

—Me encantan.

Mila se sentó en el otro extremo del sofá, abrió la caja de la pizza y tomó un trozo grande.

Troy la imitó.

—¿Te duele algo? —preguntó.

—Casi todo un poco —admitió ella—. Pero no tardaré mucho en recuperarme. ¿Cuándo puedo volver a intentarlo? ¿Qué tal el miércoles, antes de la próxima actuación de Kassidy?

Troy pareció sinceramente sorprendido.

—¿Quieres volver a intentarlo?

—Por supuesto.

—Pero si casi te matas ahí fuera.

—No estoy muerta —repuso Mila. Tomó otro mordisco de pizza.

Había repasado mentalmente el circuito y sabía dónde había cometido errores. Su mayor problema era la fuerza de la parte superior del cuerpo. Tenía que medir mejor algunos obstáculos y aumentar la velocidad de correr para ganar tiempo.

–No te entiendo –dijo Troy–. Puedes conseguir fácilmente otro trabajo. ¿Por qué yo?

Mila se enderezó.

–Pinion es la mejor empresa.

–¿Por qué tienes que trabajar para el mejor? –preguntó él, serio.

–¿Por qué iba a querer trabajar para el segundo mejor?

–Porque es la mejor opción.

Ella negó con la cabeza.

–Para una Stern, eso no es una opción.

Troy enarcó las cejas.

–Cuéntame –dijo.

Mila vaciló.

–Vamos –insistió él–. Tú has sacado el tema. Y no me gustan los secretos.

–Mi familia se enorgullece de sus logros –explicó ella.

–¿Logros?

–Altos logros. Mi madre es jueza, mi padre catedrático universitario y de mis hermanos, uno manda un crucero militar y otro es un boina verde condecorado. Y mi hermana, abogada, ya es socia en un bufete importante.

Troy pareció considerar sus palabras.

–Tú eres la más joven.

–¿Cómo lo sabes?

–Es obvio que juegas a alcanzarlos.

–Ellos han tenido ventaja.

En los ojos de Troy había simpatía, y una cierta comprensión. Ella no esperaba aquello.

–¿Y tú? –preguntó.

–Mi compañía va bien.

–Tu familia. ¿Qué esperaban de ti?

–Ah, mi familia. –Él se echó hacia atrás y extendió el brazo a lo largo del sofá–. Kassidy y yo –dijo–. No hay más familia.

–¿Tus padres?

–Muertos. La madre de Kassidy sigue viva, pero no hablamos de ella.

–Eres huérfano.

Troy sonrió.

–Tengo treinta años, perdí a mis padres después de los veinte.

–¿Los echas de menos? –preguntó ella.

–No estamos hablando de mí.

Mila sintió un contacto suave y se dio cuenta de que era en el pelo. Troy le acariciaba el cabello húmedo. El deseo le inundó el vientre y empezó a irradiar.

–¿Tienes frío? –susurró él.

–No.

Su caricia se volvió más atrevida, pasó los dedos por el cuero cabelludo a lo largo de la longitud del cabello.

–Sigues mojada.

–Me estoy secando.

Troy volvió a pasarle la mano por el pelo. Mila sabía que podía apartarlo, pero no se decidía a moverse. Estaba atrapada por la mirada azul de él, embrujada por el calor de su mano y seducida por su aroma.

Él le puso la mano en la mejilla y se acercó más. Su muslo rozó el de ella y le acarició con el pulgar la comisura de los labios.

Ella deseaba desesperadamente su beso, pero él siguió donde estaba.

–Tenemos que hacer algo sobre esto –murmuró.

Mila parpadeó.

–Yo te deseo mucho –continuó él–. Y tú no me rechazas.

Ella entreabrió los labios. No quería admitirlo, pero tampoco podía mentir, así que no dijo nada.

–No me mires así –musitó él.

–No podemos –repuso ella. Necesitaba que la tomara en serio.

–¿Cuál es la alternativa?

Mila no contestó.

–Si no lo hacemos, me volveré loco.

Ella no podía contradecir aquello. Ya se estaba volviendo loca.

–Si lo hacemos, nos lo quitamos de en medio. Seguimos adelante.

Mila se sentía tentada. Su cuerpo se movió hacia él. Estaban a centímetros uno del otro.

Un estruendo reverberó por todo el apartamento y una luz blanca entró por las ventanas.

En menos de un segundo estaban en el suelo, con el cuerpo de Troy cubriendo el de ella y el apartamento sumido en la oscuridad.

–¿Qué? –preguntó bajo la presión del hombro de él.

Troy alzó la cabeza.

–No te muevas.

Se puso de pie y ella se sentó, parpadeando en la habitación oscura. Por la ventana veía las luces de la ciudad a un par de manzanas de distancia. Lo que hubiera ocurrido era solo allí.

–Ha sido una explosión –dijo.

–Voy a echar un vistazo –repuso Troy.

Mila se puso de pie.

–Voy contigo.

–Quédate aquí –ordenó él. Se movía por el apartamento y una linterna brillaba en el vestíbulo.

–No soy una flor delicada –repuso ella, que no tenía intención de quedarse allí mientras los hombres investigaban el peligro.

–No estás vestida.

Mila apretó la bata a su alrededor.

–Buscaré algo que ponerme –dijo.

Pero la puerta del apartamento se cerró de golpe antes de que terminara de hablar. Mila se acercó a la mesa del comedor y encendió la linterna de su teléfono móvil. Decidió que tomaría prestaba ropa de Kassidy.

Capítulo Siete

Troy y Vegas estaban en la calle barrida por la lluvia con la mayoría de los empleados de Pinion que se hallaban de servicio. Edison estaba dentro con algunos hombres, poniendo en marcha el generador de apoyo. Aullaban sirenas y luces rojas y azules parpadeaban en la oscuridad a medida que llegaban más policías y bomberos.

—Un vehículo ha chocado con el poste de la luz —explicó Vegas—. Creen que había un cable mal o que el impacto ha roto el aislamiento del transformador y ha explotado.

—¿El conductor ha huido? —preguntó Troy.

Mientras hablaba, vio a Mila, ataviada con unas mallas de color naranja y un blusón brillante. Estaba empapada y hablaba con un hombre.

—Probablemente borracho —repuso Vegas—. Los testigos dicen que era un 4x4 negro. Nuestras cámaras de seguridad quizá nos digan algo más.

Mila le dio algo al hombre. Troy se dio cuenta de que probablemente era una tarjeta de la empresa. Representaba a Seguridad Pinion vestida así.

Fantástico.

—¿Hay alguien que vaya a por nosotros ahora? —preguntó.

—No se me ocurre nadie —repuso Vegas—. Casi todos

los temas complicados y peligrosos están en países lejanos no aquí.

—Eso me parecía. —Troy vio que Mila se acercaba a otro hombre. Probablemente se presentaba como empleada de Pinion—. ¡Por Dios! —murmuró.

—¿Qué? —preguntó Vegas.

—Ahora vuelvo.

Troy avanzó entre los charcos. La lluvia le caía en la cara. Las luces de los coches de policía ponían a Mila en luz y luego sombra, luz y luego sombra.

Tenía el pelo empapado y llevaba los hombros desnudos. Las botas, empapadas todavía, iban desatadas y colgaban alrededor de los tobillos.

Troy se quitó la chaqueta y se la echó sobre los hombros.

—Te he dicho que te quedaras dentro —le dijo nervioso al oído.

—Gracias —dijo ella al hombre. Le dio una tarjeta—. Si recuerda algo más, llámeme, por favor. —Se volvió hacia Troy—. Estoy investigando.

—Ha sido un coche que ha chocado y ha salido corriendo.

—¿Pero quién ha sido? —Mila se puso la chaqueta—. Esto podría estar relacionado con Kassidy.

Troy no lo creía así, pero las palabras de Mila habían despertado su curiosidad.

—¿Cómo?

—El que ha chocado con el poste estaba distraído.

—O borracho.

—Quizá. Pero es miércoles por la noche y no hay muchos bares por aquí. Podría ser alguien que vigilaba el edificio en busca de Kassidy y no ha visto el poste.

–Eso es mucho suponer –repuso él. Un error común, especialmente entre novatos, era mirar las pruebas de un modo que encajaran con una teoría ya preestablecida.

–Es solo una teoría –musitó ella–. Ni la creo ni la descarto.

–¿Hay alguna prueba?

–Dos testigos dicen que era un hombre, y lo describen como un ejecutivo.

–¿Eso es todo?

–En el último concierto había un hombre con chaqueta y corbata. Estaba fuera de lugar allí.

–Y tú piensas que los ejecutivos llevan chaqueta.

–Exactamente.

Era la primera vez que Troy se sentía decepcionado por la forma de razonar de ella.

–Hay muchas chaquetas en Washington –dijo.

–Y alguien acosa a Kassidy.

–Tal vez. –Por lo que a él respectaba, todavía no habían establecido eso.

Mila apretó la mandíbula.

–Voy a hacer más preguntas.

Troy miró a su alrededor y no vio nada sospechoso. Se sentía inclinado a pensar que aquello era un accidente que no tenía nada que ver con Pinion ni con Kassidy. No veía ningún daño en permitirle que interrogara a la gente.

–Abróchate la chaqueta. Y la próxima vez, lleva ropa más apropiada.

Troy se volvió y cruzó la calle hasta donde estaba Vegas.

Kassidy se acercaba también en ese momento con

Drake en brazos, cubierto por un impermeable amarillo.

–¿Qué ha pasado? –preguntó la chica.

Troy sonrió a su sobrino. La capucha del impermeable se había torcido y Drake mordía la manga.

–Ha explotado un transformador –dijo a su hermana–. Ha sido bastante espectacular.

Aunque no creía la teoría de Mila, no pudo evitar mirar a su alrededor. Se sentiría más cómodo con Kassidy y el niño dentro.

–El generador está puesto –le dijo–. Llévalo arriba, estará más caliente.

Mila apareció entonces.

–¿Tienes un minuto? –preguntó a Kassidy.

–No, no lo tiene –contestó Troy–. Drake tiene que dormir.

Las dos mujeres lo miraron sorprendidas.

–Solo será un minuto –dijo Mila.

–No tiene un minuto –intervino Troy–. Y yo tengo que hablar contigo. Vegas, ¿puedes llevar a Kassidy y a Drake arriba?

Kassidy miró a Vegas sorprendida. Parecía claramente incómoda. Troy supuso que Vegas no era su mayor fan. No importaba. No podía pretender que todos la adoraran. Y él, Troy, necesitaba quedarse a solas con Mila.

–Puedo llevarla yo arriba –dijo esta.

–Te necesito aquí –replicó Troy. La tomó del brazo y cruzó la calle con ella–. No quiero que asustes a Kassidy. No necesita oír tu teoría.

–Solo le iba a hacer unas preguntas. Caray, Troy, confía un poco en mí. No la voy a asustar sin motivo.

Estaban más allá de las luces de los coches, entre las sombras de los edificios oscuros. Troy se detuvo y la miró, y de inmediato le asaltó el deseo.

—Tenemos que hablar de esto —murmuró. Aquello iba de mal en peor. Casi no podía concentrarse cuando estaba con ella.

—Ya estamos hablando.

—De eso no. De lo otro.

—¿Te refieres al sexo? —preguntó ella.

—A nosotros. A ti y a mí y a cómo reaccionamos el uno al otro.

—Tenemos que ignorar eso.

—¿Crees que esa es la respuesta? Yo creo que eso no funciona.

—Pues hacemos que funcione. Somos adultos racionales.

Troy no estaba tan seguro de la parte racional. Se acercó más a ella.

—Estábamos a punto de arrancarnos la ropa —dijo—. No lo hemos hecho porque ha habido una explosión.

—Eso puede ser una señal. —Mila sonrió—. Ha habido suerte. Un par de minutos más y… —Se puso seria—. No podemos ceder. Sería malo para ti y muy malo para mí. Necesito que confíes en mí, que me veas como a una agente más, uno de los muchachos.

—Nunca te veré como a uno de los muchachos. Eso no es fácil.

—Pues entonces, menos mal que tienes autocontrol.

—Tu respuesta es no —resumió Troy. No le gustaba, pero tenía que aceptarlo.

—Sí. Mi respuesta es no.

—Pero en el apartamento tu expresión decía que sí.

Hubo un silencio.

–Sí –musitó ella al fin–. Allí era un sí.

Troy quería tomarla en sus brazos. Estrecharla con fuerza y llevarla de vuelta a su habitación, donde la desnudaría y besaría cada centímetro de su cuerpo.

–No sé adónde iremos desde aquí –comentó.

Mila enderezó los hombros.

–Vamos a trabajar.

–¿Y fingir que no ha pasado? No funcionará, Mila.

Estaba seguro de que no podría funcionar.

El domingo por la mañana, Zoey colgó su enorme bolso en la silla de comedor y se sentó enfrente de Mila. Miró el restaurante a su alrededor.

–¿Qué hacemos aquí? –preguntó.

–Hoy necesito algo más que una magdalena –declaró Mila, cerrando la carta. Había elegido ya una tortilla de verdura y hierbas y una tostada integral.

–¿Necesitas comer? ¿Qué ha pasado?

–Hoy voy a repetir la carrera de obstáculos.

–Oh. Pensaba que querrías hablar de tu jefe.

–No.

–¿Estará allí?

–No sé. Le he pedido a Vegas que supervise él.

–¿Cómo te va con el jefe?

–He procurado no encontrarme con él desde el miércoles por la noche.

–¿Y eso te funciona? –preguntó Zoey–. ¿Tus sentimientos han cambiado?

A Mila le habría gustado decir que sí. Pero sus sentimientos se estaban intensificando. Solo tenía que ver a Troy a distancia para que se le acelerara el corazón, se le aflojaran las rodillas y le cosquillearan los labios.

–Lo superaré –dijo.

Zoey alzó los ojos al cielo.

–¿Vienes a casa de papá y mamá el próximo fin de semana?

Mila hizo una mueca. Había olvidado la cena familiar. Su hermano Rand había organizado una videoconferencia desde el barco, así que se trataba de una invitación obligatoria. Tendría que encontrar tiempo.

–He pensado llevar a Dustin –dijo Zoey–. Rand me ayudará a calmar a mamá. Sabemos que papá no será de ayuda con eso. Quiero acabar con esto. Me está matando.

–No te gusta mentir.

–No miento exactamente, pero dejo fuera mucha información. Y sí, odio eso. Quiero ser sincera y directa conmigo misma y los demás. Drake es un hombre estupendo y me niego a convertirlo en un secreto vergonzoso.

–¿Él sabe lo que pasará?

–Claro que sí. Conoce a nuestra madre.

Mila se echó a reír.

–Pues debes de gustarle mucho. Si está dispuesto a enfrentarse con la jueza Stern, le ha dado fuerte.

–A mí me ha dado fuerte.

Mila se preguntó cómo sería enamorarse de verdad.

Pensó en Troy. Pero aquello era solo lujuria. No se hacía ilusiones de que en sus sentimientos hubiera algo más noble que deseo físico.

Y en tal caso, quizá acostarse con él no fuera la peor idea del mundo. Tal vez fuera un amante mediocre y, una vez que descartara esa atracción, él sería solo un hombre más para ella. Quizá si se acostaba con él pudiera concentrarse en su trabajo.

Se dio cuenta de que Zoey la miraba con curiosidad y volvió a la tierra. Añadió un par de tortitas a la tortilla y Zoey pidió una magdalena y café.

–¿A qué hora tienes la carrera de obstáculos?

–A las once. Iré directamente desde aquí.

–¿Crees que lo conseguirás esta vez?

–No lo sé, pero tengo un plan. Y sé dónde me equivoqué la última vez.

–¿Te contratará si lo consigues?

–¡Ojalá! Pero no sé. Aunque eliminaré una de sus razones para rechazarme.

–¿Sabes cuáles son las otras?

–La principal es que parece creer que las mujeres somos más decorativas que funcionales –dijo.

Zoey arrugó la nariz.

–Me pregunto qué ve en ti.

Mila intentó no sentirse insultada.

–Muchas gracias.

–Las dos sabemos que eres mucho más funcional que decorativa. Si quisieras ser más decorativa, usarías maquillaje, comprarías ropa bonita y te pondrías tacones. Podrías ser espectacular si quisieras.

–No quiero –declaró Mila.

No quería conquistar a Troy, quería un trabajo, una carrera, triunfar profesionalmente. Y lo conseguiría. Los miembros de la familia Stern siempre triunfaban.

***

Troy no sintió la menor satisfacción al ver fracasar por segunda vez a Mila en la carrera de obstáculos. La observaba en las pantallas de la sala de control y, aunque sabía que intelectualmente podía usar su fracaso para negarle un empleo permanente, no podía evitar estar emocionalmente a su lado. Esa vez ella consiguió llegar más lejos, pero todavía le faltaba mucho para completar el circuito.

Asumió que ella subiría arriba a ducharse, así que la esperó en el apartamento. Kassidy y Drake estaban durmiendo. Mila llevaba días evitándolo y él había entendido el mensaje. Ella era territorio prohibido.

Pero eso no implicaba que no pudieran sostener una conversación.

Se instaló en la sala de estar, donde la oiría llamar. Miró una revista de tecnología y luego se preguntó por qué tardaba tanto.

Al final llamó a la sala de control para ver si ella estaba en camino.

El empleado de servicio le dijo que Mila había regresado del circuito con Vegas, habían entrado en el vestuario y no habían vuelto a salir.

Troy miró su reloj. Había pasado más de media hora. ¿Qué hacían todavía en el vestuario?

Y entonces se le ocurrió que quizá ella estaba herida y Vegas le administraba los primeros auxilios. Podía haberse cortado con el alambre o haberse torcido un tobillo al saltar de la pared de escalar. Había visto esas cosas, y más en la carrera de obstáculos.

Salió por la puerta y bajó corriendo las escaleras hasta la parte trasera del edificio. Desde allí había un trote corto hasta el vestuario.

Uno de los agentes de seguridad salía por la puerta.

–Mujer dentro –le advirtió a Troy.

–¿Está bien? –preguntó este.

–En la ducha. –El hombre sonrió y movió las cejas.

Troy sintió deseos de darle un puñetazo, pero aquello llevaría tiempo, y él quería saber lo que ocurría.

Cruzó la puerta. Otro empleado se lavaba las manos en el lavabo.

–¿Dónde está ella? –ladró Troy.

El hombre señaló la parte de atrás con el pulgar. Troy empezó a oír el agua de la ducha.

Mila estaba en la ducha. Podía estar vestida, pero Troy sospechaba que no sería así. Quería ser uno de los muchachos y no quería ducharse más en el cuarto de baño del jefe. Nada de eso.

Troy dobló la esquina y estuvo a punto de tropezar con Vegas.

Este estaba de pie con los brazos cruzados delante del umbral de las duchas.

–No puedes pasar de aquí –le dijo a Troy.

–No me digas que está…

–¿Desnuda? Sí, está desnuda.

–¿Se ha vuelto loca?

–Los muchachos no la van a molestar –repuso Vegas–. Pero me he quedado aquí por si alguno tiene tentaciones.

–Debería haber venido arriba –declaró Troy.

–¿Lo has visto? –preguntó Vegas.

–Sí.

–Está decepcionada.

–Lo sé.

–Dudo mucho que quiera hablar contigo.

–¿Y contigo sí? ¿Qué ha dicho?

–Quiere volver a intentarlo.

Troy sintió que parte de la tensión abandonaba su cuerpo. No estaba herida ni desmoralizada. Era tan animosa como siempre.

–No tiene sentido –dijo.

–No sé –contestó Vegas–. Tú pasas mucho tiempo diciéndole lo que no puede hacer.

–Pues eso no puede hacerlo. No es humanamente posible.

–¡Eh! –gritó Mila–. Os oigo.

–Sal de ahí –le gritó Troy–. Quiero hablarte de Kassidy.

Aquello tenía parte de verdad. Mila tardó un momento en contestar.

–Bien.

El agua dejó de sonar.

–Márchate ya –dijo Troy a Vegas–. Por lo que a mí respecta, ella es uno de los muchachos.

–No te creo –declaró Vegas. Pero se alejó de todos modos.

Mila apareció en el umbral con el pelo empapado, gotas de agua en los hombros y una toalla grande cubriéndola desde el pecho hasta las rodillas.

–¿Qué pasa con Kassidy? –preguntó.

Troy carraspeó.

–Está durmiendo. Pero necesito que me pongas al día.

–¿Sobre qué?

–Sobre todo. Tu investigación, el plan actual de seguridad, sus próximas actuaciones… Todo lo que creas que pueda ser relevante.

–Sin problemas. –Mila se acercó a un banco, donde estaba su ropa húmeda.

Troy recordó entonces que estaba desnuda debajo de la toalla.

–Vístete –dijo–. Nos vemos arriba.

Capítulo Ocho

En esa ocasión, Mila había sido más lista. Había empaquetado un cambio de ropa y otro par de botas en una bolsa para cambiarse después del circuito de obstáculos.

Se puso los vaqueros y una camiseta de color oxidado. Las botas de cuero, que llegaban hasta los tobillos, estaban viejas y desgastadas, pero eran fuertes y cómodas y le daban seguridad.

Guardó la ropa mojada en la bolsa y se peinó. Se colgó la bolsa al hombro y, al salir del vestuario, se encontró a Vegas haciendo guardia.

–Espero que no haya sido mucha molestia –dijo ella.

–No me importa –contestó él. Pulsó el botón del ascensor–. Lo has hecho bien ahí fuera.

–He fracasado miserablemente –contestó ella.

–Tienes coraje, Mila. Eso les impresionará.

–¿A Troy? –no pudo evitar preguntar Mila.

–Troy no quiere sentirse impresionado. Busca razones para no estarlo. Pero tú ya sabes eso.

–No sé qué hacer –admitió ella.

–Si te acuestas con él, nunca serás uno de los muchachos.

La franqueza de sus palabras hizo dar un respingo a Mila. Se abrió la puerta del ascensor, pero ella no se movió. Él le tocó el brazo y entró con ella.

–Si no te acuestas con él, los dos os volveréis locos.

Ella se sonrojó de vergüenza.

–¿Qué te ha dicho?

–Nada. Tengo ojos. Y me pagan para ser observador. Y vi la expresión de tu cara el día de la práctica de tiro. Te apartaste de Troy pero mirabas a la cámara.

–¿La gente comenta? –preguntó Mila.

El ascensor empezó a subir.

–Tal vez, pero no conmigo –respondió Vegas–. Están más interesados en ver si Troy cede en su regla de no contratar mujeres.

–Supongo que todos saben eso.

–Sí –respondió Vegas–. ¿Y otro empleo en un lugar distinto que Pinion?

–¿Conformarme con el segundo mejor? –Ella negó con la cabeza–. Eso no es lo mío. –Ella quería un trabajo en Pinion y lucharía por ello.

–¿De verdad volverás a intentarlo? –preguntó Vegas.

–En un par de días.

–Túmbate más cuando te arrastras por el barro. Utiliza tu fuerza central y reserva los brazos. Y no practiques otra vez con el circuito completo. Trabaja las partes técnicas, los muros bajos, los troncos y las sogas. No pierdas energía por mala técnica.

El ascensor se detuvo en el noveno. Mila no sabía qué decir. Estaba agotada, dolorida y al borde del llanto. Tragó saliva.

–Gracias.

–Solo te trato como a uno de los muchachos.

–Eso es lo que quiero.

–Lo sé.

Se abrió la puerta.

–No te acuestes con él, Mila.

–No lo haré. –Ella salió del ascensor, jurándose que seguiría aquel consejo.

Vegas asintió con la cabeza y se cerró la puerta.

Mila llamó a la puerta del apartamento y Troy contestó casi en el acto.

–¿Quieres hablar de Kassidy? –preguntó ella–. ¿Está levantada?

Estaría bien tener compañía.

–¿Tienes tu ordenador? –preguntó él.

–Sí.

–Vamos a mi despacho.

A ella se le contrajo el estómago.

–¿Cómo dices?

Él pareció irritado. Cerró la puerta.

–Trae tu ordenador a mi despacho. Quiero repasar tu análisis.

Mila se dirigió al despacho y dejó la bolsa en el suelo.

–¿Estás bien? –preguntó él a sus espaldas.

Ella se volvió.

–¿Estás herida?

–No, estoy bien.

–¿Esta vez no te has caído?

Ella negó con la cabeza.

–Solo los golpes y arañazos normales.

–Has llegado más lejos.

Aquello la sorprendió.

–¿Me has visto?

–Solo en la pantalla.

–¿Y te has reído? –preguntó ella.

–Solo la primera vez, cuando has plantado la cara en el barro –respondió él–. No me he reído. Estaba animándote.

–No es verdad. Tú odiarás que lo consiga.

Él le tocó la clavícula, rozándole la piel con gentileza.

–Tienes un corte.

–No es nada.

Le apartó el cuello de la camiseta.

–No es importante.

–¿No es eso lo que acabo de decir yo?

–Tenía que verlo por mí mismo.

–¿Porque no te fías de mí?

–Porque me preocupo por ti.

–No soy de cristal, Troy.

Él le rozó el cuello con los dedos.

–¡Ojalá lo fueras! Podría protegerte sin que protestaras por todo lo que hago.

–¿Eso es lo que te gusta? –preguntó ella–. ¿Las mujeres indefensas?

–Yo pensaba que sí –repuso él, acercándose más–. Creía que sabía el tipo de mujer que me gustaba. Hasta que llegaste tú. Y ahora tengo que cuestionarme eso, y no me gusta cuestionarme cosas.

Mila sabía que debía apartarse, pero no se movió.

–¿Buscas simpatía? –preguntó.

–No.

–Bien.

–Busco una respuesta. Sí o no.

–No –consiguió susurrar ella.

–¿Estás segura?

–No. –No estaba nada segura.

Él le rozó los labios con los suyos. Ella esperó, anhelando el beso.

–¿Sí o no? –repitió él.

Mila gimió y se rindió. Le puso las manos en la cintura y lo besó con ansia.

Troy la abrazó de inmediato y la estrechó con fuerza.

Ella se entregó a la sensación. Subió las manos por los brazos de él y por los hombros, sintiendo la fuerza y la masa de los músculos. Buscó sus botones sin dejar de besarlo. Separó la camisa y le tocó la piel, sintiendo su calor, el juego de los músculos, el borde de una cicatriz y luego de otra, y de otra más. Besó la línea blanca que cruzaba sus costillas izquierdas.

Él dio un respingo y deslizó las manos en el pelo de ella.

El ruido de la puerta al cerrarse debería haber hecho pensar a Mila, pero había dejado de importarle todo lo que no fuera aquello. Se quitó la camiseta y el sujetador y quedaron piel contra piel. Alzó la barbilla para seguir con el beso.

Troy murmuró su nombre y la besó. Le acarició la espalda desnuda y la atrajo hacia sí. La alzó para sentarla en el borde del escritorio. Ella abrió los muslos para que él cupiera en medio. Le echó los brazos al cuello y frotó los pezones en el pecho de él.

Él le besó el cuello, movió los labios a sus pechos y se introdujo un pezón de ella en la boca.

Ella se agarró a la mesa y echó atrás la cabeza. Un gemido escapó de sus labios. El calor inundó su cuerpo y la pasión la envolvió de tal modo que todo su mundo se redujo a Troy.

Lo sintió abrirle el botón de los vaqueros y bajar la cremallera. Se quitó las botas con los pies y Troy le bajó los pantalones y la ropa interior.

Ella le quitó los vaqueros, desesperada porque estuvieran juntos. Troy le apretó las nalgas y la izó para apretarla contra sí.

Mila se acurrucó contra su cuerpo, le besó el pecho, saboreando la sal de su piel, inhalando su aroma y dejándose llevar por el ritmo de él a una espiral de placer. Él la llevaba cada vez más alto, y ella empezó a jadear su nombre.

Troy la besó y jugó con su lengua mientras seguía embistiendo y retirándose, embistiendo y retirándose.

El mundo pareció detenerse, quedar en suspenso al borde del paraíso.

—Qué bueno —gimió él, con el cuerpo convertido en hierro caliente—. Mila. Oh, Mila. —La abrazó con más fuerza.

—Más deprisa —le suplicó ella—. Por favor.

—Sí. Sí.

Mila le apretó los hombros, buscando un ancla, pues la pasión amenazaba con hacerla pedazos.

—Troy —gritó cuando explotó su cuerpo.

El cuerpo de él se estremeció en respuesta.

Luego sus besos se volvieron gentiles. Le acarició el pelo. Acunó su cuerpo contra sí.

Mila volvió a la realidad.

Había hecho el amor con Troy.

Aquello estaba mal, muy mal.

Estaban desnudos. Y él seguía dentro de ella. Y la sensación seguía siendo fantástica.

—Oh, no —gimió—. Oh, no.

Él se puso tenso.

Ella se apartó.

–No hemos hecho eso.

Él bajó la vista al punto en el que se unían sus cuerpos.

–¿No lo hemos hecho?

–No. –Ella se soltó–. Ha sido un accidente. No lo hemos pensado bien. Esto no puede haber pasado. –Saltó de la mesa al suelo y empezó a buscar su ropa–. Tú eres el jefe. Yo soy uno de los muchachos.

Encontró la camiseta y el sujetador. Miró por encima del hombro y lo vio mirándole el trasero.

–Basta.

–Mila, tú nunca has sido uno de los muchachos.

–Ya sabes a lo que me refiero –dijo ella.

Se vistió con rapidez y él la imitó.

–Esto no ha pasado –insistió ella.

Él parecía más divertido que molesto.

–¿Estás reescribiendo la historia?

–No puede influir en nada de lo que hagamos o pensemos. Vamos a revisar mis notas sobre Kassidy y comentar el caso. Apartaremos esto de nuestras mentes y nunca jamás se lo diremos a nadie.

–¿Quieres decir que no le diremos a nadie lo que no ha pasado?

–Sí, exacto –repuso ella–. Es como si los dos hubiéramos tenido la misma fantasía pero no fuera real.

Él parecía escéptico, y ella tampoco se lo creía mucho. Pero era su única esperanza.

***

Troy, sentado al lado de Mila y un poco más atrás, la observaba presentar su análisis de las últimas actuaciones de Kassidy. Le costaba entender lo que decía, era más interesante oír el sonido de su voz e inhalar el aroma de su pelo.

—Y Edison investigó el tráfico de la torre de móviles en esas horas —dijo ella—. Me gusta Edison.

Aquello sí atrajo la atención de Troy.

—¿Cómo que te gusta Edison?

—Quiero decir que es de gran ayuda. Y también Vegas. Y Charlie.

Troy sintió una oleada de celos, lo cual no le gustó nada.

—¿Qué has hecho con Charlie?

—Trabajo bien con tu gente, Troy. Cooperamos. Trabajo bien en equipo, deberías saberlo.

—Estoy pensando en eso. —Él no quería imaginarla riendo ni haciendo nada con su gente.

—Todos procedían del mismo teléfono de prepago.

—¿Qué? ¿Quién?

Ella volvió la cabeza.

—¿Qué te pasa?

—Nada —dijo él. A menos que contara el hecho de que su cerebro no se había recuperado todavía de hacerle el amor.

Había sido fantástico y quería repetirlo. Ella olía a gloria y sabía mejor que un brandi de cincuenta años. Sonrió de satisfacción.

Ella le lanzó una mirada de disgusto.

—Como decía, el hombre de la americana volvió el sábado. Puso mensajes y anoté las horas. Anoté todas las que pude y luego las comparé con la información de la torre de móviles. Tengo un número de prepago. Pero lo interesante es que algunas horas coincidían con *tuits* a Kassidy de YoMiCorazón y HalcónNoturno. Es la misma persona.

–Mucha gente tiene dos cuentas –dijo Troy.

–Conduce un 4x4 negro –dijo ella.

Aquello sí podía ser útil.

–¿Tienes la matrícula? –preguntó él.

–Estaba demasiado lejos.

–O sea, no tenemos nada.

–Tenemos algo. Ese es el hombre que mencionó a Drake. Charlie vendrá con nosotras el jueves y vigilará desde el 4x4. Yo vigilaré a Kassidy y Edison revisará el tráfico electrónico.

–¿Vegas coordina?

Ella tensó los hombros.

–Vegas conoce el plan –respondió con frialdad–. Pero no lo coordina. Esta es mi operación, yo lidero la investigación, yo creo la estrategia.

–Mientras Vegas haga el control de calidad, todo está bien.

Mila giró la silla.

–Tú no me darás ninguna oportunidad, ¿verdad?

A Troy le salió la voz más dura de lo que era su intención.

–¿Qué clase de oportunidad quieres, querida?

–Vete al infierno –dijo ella con fuerza. Se levantó de la silla.

Troy se levantó a su vez y la agarró del brazo.

–¿Qué te hace pensar que no estoy ya en él? –preguntó.

Respiraba con fuerza y le sudaba la frente. No importaba que hubieran hecho el amor media hora antes, estaba desesperado por repetirlo.

–¿Crees que puedes sujetarme? –gruñó ella. Lo golpeó con el puño en el plexo solar–. Puedo cuidarme sola.

La fuerza de su puño lo sorprendió, y se tambaleó hacia atrás.

Ella se preparó como si pensara que él iba a contraatacar.

Troy alzó las manos para mostrar que no tenía intención de hacerlo. Jamás le pegaría.

–No –gritó ella. Y dio un paso amenazador.

–No voy a luchar contigo –dijo él.

–Defiéndete.

–Basta.

Ella lanzó un puñetazo y él le agarró la mano. Pero ella fue rápida. Anticipó el movimiento y se giró, haciéndole perder el equilibrio.

–¡Basta! –gritó él.

La rodeó con los brazos desde atrás mientras ella luchaba por liberarse.

Se abrió la puerta y apareció Kassidy.

–¡Troy! –gritó, horrorizada.

Él soltó a Mila de inmediato.

–¿Qué haces?

–Me ha atacado ella.

Kassidy se acercó y le puso una mano en el hombro a Mila.

–¿Qué le has hecho? –preguntó.

–He empezado yo –dijo Mila.

–Pues lo siento –dijo Kassidy, mirando a su hermano de hito en hito–. Pero él es el hombre.

–No, él no es el hombre. –Mila pareció darse cuenta de cómo sonaba aquello–. Bueno, sí es el hombre, pero los dos somos…

–¿Hombres? –preguntó Troy.

Mila lo miró de hito en hito.

–Iguales.

–Pesa cuarenta kilos más que tú –dijo Kassidy.

–Casi –asintió Troy.

–Yo soy más rápida –dijo Mila.

–No lo eres –replicó él.

–¿Por qué es la pelea? –preguntó Kassidy.

Mila parpadeó; parecía confusa.

Troy tampoco lo recordaba.

–Hablábamos de tus fans –dijo Mila–. Tengo un plan y él quiere darle todo el mérito a Vegas.

–No es verdad –contestó Troy–. Si de verdad fueras un hombre, te obligaría a ir con Vegas.

Ella se cruzó de brazos.

–¿Porque soy incompetente?

–¿Queréis dejar de gritar los dos? –preguntó Kassidy.

Troy lo oyó entonces. Drake lloraba en el dormitorio.

–Muchas gracias –dijo su hermana–. Esperaba que me diera tiempo a tomar un café antes.

–Voy yo –dio Troy. Y se preguntó por qué lo hacía. Quizá para alejarse de allí, para poner distancia entre Mila y él. Desde luego, lo necesitaba.

Encontró a Drake en el dormitorio en penumbra. Estaba a cuatro patas en su cuna y lloraba con fuerza.

Troy lo tomó con gentileza, lo acunó contra su pecho y le acarició el pelo.

–Pobrecito –murmuró–. ¿Quién quiere despertarse solo en la oscuridad?

Lo colocó sobre la cómoda, le cambió rápidamente el pañal y volvió a tomarlo en brazos.

–¿Quién quiere despertarse solo en la oscuridad? –repitió con suavidad. Pensó en su cama vacía–. Ojalá pudiera decirte que esto mejora, pero la vida está llena de largas noches solitarias.

Capítulo Nueve

Mila trabajaba con dos nuevas piezas de información de la actuación de la noche anterior, y Vegas le había asignado un escritorio abajo. Sentada al lado de Charlie, el veinteañero irreverente y atractivo que era el empleado más nuevo de Pinion, empezaba a sentirse más como un miembro del equipo.

Charlie había trabajado la calle fuera del club la noche anterior y fotografiado todos los 4x4 negros de las proximidades. En aquel momento trabajaba en bases de datos de reconocimiento facial con la mejor foto que había hecho ella del hombre de la americana. Si conseguían encontrar un nombre, podrían cotejarlo con las matrículas.

En esa ocasión, el hombre había estado justo delante del escenario. Mila había hablado con el barman, pero el hombre no había comprado bebida. Lástima, porque habría estado bien hacerse con sus huellas dactilares o un recibo de su tarjeta de crédito.

Al mismo tiempo, no quería obsesionarse con él. No lo había visto enviar mensajes la noche anterior y, sin embargo, Kassidy había recibido varios de YoMiCorazón y HalcónNocturno.

Bien podía ser otra persona.

Cuando revisaba otra larga lista de mensajes, algo le llamó la atención.

–Espera –le dijo a Charlie–. Escucha esto en la cuenta de YoMiCorazón. Dice lo de siempre, que es hermosa, con talento, que le queda bien el rosa. Pero escucha esto: «Cuando volvamos a estar todos juntos y tú seas mía».

–Arrastrado de nivel cuatro –comentó Charlie.

–Yo le daría un cinco. Pero me refiero a lo de «todos juntos». Parece referirse a más de dos.

–Tal vez.

–¿Tres? Con Drake serían tres –dijo Mila.

Volvió a su ordenador y empezó a revisar mensajes anteriores de YoMiCorazón.

Había mencionado a Drake más de una vez. Y decía «volvamos a estar todos juntos». ¿Significaba eso que habían estado los tres juntos en el pasado?

Imprimió la foto del hombre de la americana para mostrársela a Kassidy.

–Voy arriba –dijo–. Tengo una corazonada. No tardaré.

–¿Hay algo que yo pueda hacer?

–Búscale un nombre al tipo de la americana.

–Estoy en ello.

Ella se detuvo con la foto en la mano.

–Gracias por tratarme como a uno de los muchachos –dijo.

Él sonrió.

–Eres uno de los muchachos.

Aquella frase le calentó el corazón a Mila.

–Llámame si surge algo –dijo–. Y gracias.

Estaba en el tercer piso y subió al noveno por las escaleras.

Le abrió Kassidy, que llevaba a Drake en los brazos.

–Hola, Mila.

El niño sonrió al verla y le tendió los brazos. Mila se echó a reír, se lo quitó a Kassidy, se lo colocó en la cadera y le dejó jugar con la correa de su bolso.

–¿Tienes un minuto? –preguntó a Kassidy.

–Claro que sí. ¿Quieres un café? Gabby está haciendo tortitas. Desayuno para mí, almuerzo para Drake. ¿Te he dicho ya que la adoro? La adoro.

–Acepto el café. Las tortitas no.

Kassidy echó a andar hacia la cocina.

–¿De qué quieres hablar?

Mila sacó del bolso la foto del hombre de la americana.

–¿Te suena de algo?

Kassidy tomó la foto.

–Hola, Mila –saludó Gabby en la cocina.

Era una joven veinteañera, simpática y pragmática. Tenía un diploma en educación infantil y acababa de prometerse con un quiropráctico. Estaba dispuesta a trabajar con un horario flexible, y Drake la adoraba.

–¿La foto es de la actuación de anoche? –preguntó Kassidy.

–Lo vi enviando mensajes unas cuantas veces que coincidían con mensajes que recibiste tú. Es poco probable, ¿pero puedes decirme algo de él?

–Me resulta vagamente familiar –contestó Kassidy–. Pero si ha estado más veces delante del escenario, puede que me suene de eso.

Devolvió la foto a Mila y tomó a Drake en brazos.

–Ven con Kassidy, tesoro. ¿Tienes hambre?

Gabby tendió una taza de café a Mila.

–Gracias –dijo esta. Tomó un sorbo.

Kassidy sentó a Drake en la trona y le ató un babero al cuello.

–Una pregunta más –dijo Mila–. ¿Conociste al padre de Drake?

Kassidy se quedó paralizada.

–No –dijo.

–¿Estás segura?

–Pues claro que sí.

–Te he visto dudar.

Kassidy alzó la vista.

–Fue una época dura. El padre fue una aventura de una noche y luego enfermó la madre de Drake. Todo fue muy perturbador.

–Lo siento –musitó Mila.

Pero sabía que había algo en el padre de Drake que preocupaba a Kassidy. Sin embargo, no insistió. Terminó su café y volvió abajo.

Charlie se había ido, pero Troy miraba la pantalla del ordenador.

–¿Esto es de anoche? –preguntó.

Ella se colocó donde pudiera ver la pantalla.

–Sí. Ese es el hombre de la americana que dije que me resultaba sospechoso.

–Me resulta familiar.

–¿Lo conoces?

–No lo sitúo. –Troy levantó el teléfono y marcó un número–. Echa un vistazo a la foto del ordenador de Mila –dijo.

–¿Con quién hablas? –preguntó ella.

–Con Vegas. –Esperó un momento en el teléfono–. Lo he visto en alguna parte, pero no consigo acordarme. Desde luego, hace ya algunos años.

Pasó otro momento.

–¿Estás seguro? –preguntó Troy–. Sí. Voy enseguida.

Colgó el teléfono.

–¿Qué? –preguntó Mila.

–Conozco a ese hombre. Quizá esto no tenga nada que ver con Kassidy, sino conmigo.

Troy se levantó y echó a andar hacia la puerta.

–Kassidy puede que tenga fans locos, pero yo he antagonizado a personas muy peligrosas a lo largo de los años.

Mila lo siguió.

–¿Y por qué va a por ella?

–Para castigarme a mí.

Bajaron por el pasillo hasta el despacho que compartían Vegas y Troy.

–Esto empezó cuando ella estaba en Nueva Jersey –dijo Mila.

–¿Y qué?

–Que entonces no estabais juntos. Tú mismo dijiste que solo la veías una vez al año.

–Pero sigue siendo mi hermana –repuso Troy. Miró a Vegas–. Hay que hacer un barrido completo del edificio.

Mila pensó en los mensajes. Eran personales. Su autor parecía obsesionarse con ella y con Drake, no con Troy.

–¿Dónde encaja Drake? –preguntó.

–Es secundario.

–A él lo menciona en los mensajes, a ti no.

–¿Y qué? Es parte de la vida de Kassidy y de la mía. Esto es mucho más grande que un fan chiflado.

Vegas se dirigía a la puerta hablando por su teléfono móvil.

—No pierdas de vista a Kassidy —le dijo Troy.

—Iré yo —se ofreció Mila.

—Quiero a Vegas. No pienso dejarte esto a ti. No tienes experiencia, eres temporal, eres…

—¿Mujer?

—No es porque seas mujer.

—Sí lo es. Es otra de tus reacciones machistas.

Él la miró con rabia evidente.

—Puede que esto sea por ti —admitió ella—, pero también puede ser por Kassidy y Drake. Incluso podría ser todo por Drake.

—¿En qué te basas? ¿Dónde están las pruebas? Yo reconozco a ese tipo. Eso significa que es alguien de mi pasado.

—No recuerdas de dónde. Podría ser de cualquier parte. No ignores todo lo demás.

Troy apretó la mandíbula.

—Hay muchas probabilidades de que te equivoques —dijo ella.

Se miraron a los ojos.

—¿Quieres que te despida? —preguntó él.

Ella le sostuvo la mirada.

—Todavía no me has contratado.

A Kassidy le caes bien. Es lo único que tienes a tu favor. Puedes quedarte y cumplir mis órdenes o puedes irte ahora mismo.

Mila quería irse. Para ella sería una gran satisfacción dar media vuelta y alejarse.

Pero eso no ayudaría a Kassidy. Ni a Drake. Ambos eran inocentes. Si Troy se equivocaba y se concentraba en el problema equivocado, los dos podían estar en peligro.

Era mejor quedarse y hacer lo que pudiera, aunque tuviera que actuar a espaldas de Troy, seguir sus propias pistas y afrontar su ira.

Esa misma semana, más tarde, Vegas estaba sentado en un sillón de cuero en la sala de estar de Troy. Tenía un papel en la mano y apoyaba un tobillo en la rodilla opuesta.

—Le advertí que no se acostara contigo.

Troy lo miró con una mezcla de rabia e incredulidad.

—Quizá debí advertírtelo a ti.

—¿Te lo ha dicho ella?

—No hacía falta que me dijera nada.

—Entonces solo es una suposición.

—Tú no razonas como es debido.

Troy miró la puerta cerrada de la habitación de Kassidy, donde estaba su hermana con Mila.

—Razono perfectamente. ¿Qué te hace pensar que lo hicimos?

—El domingo por la noche estabas jovial, relajado, saciado. Lástima que no durara.

Troy no quería aquella conversación, pero tampoco estaba dispuesto a mentir.

—Fue un error. Ya está hecho.

—Tú no quieres hacerle daño.

—¿Podemos terminar esta conversación?

—Tu problema es que esto no va de sexo.

Troy se enderezó en la silla.

111

–Lo digo en serio. Esta conversación ha terminado.

–Sientes algo por ella. La proteges.

–Protejo a Kassidy.

–Proteges a Mila. Ya era bastante malo cuando era solo otra mujer, otra Gabriela..,

–Cállate.

Troy se levantó con un nudo en el estómago. Mila no era Gabriela, pero era una mujer. Y él, Troy, tenía que haber aprendido algo de Gabriela o ella habría muerto en vano.

Vegas dejó su informe en la mesita y se levantó despacio.

–Confía en ella –dijo–. Te gusta, la deseas. Sé que la admiras. Ahora tienes que confiar en ella.

–No la mataré.

–Aquí no se trata de ti.

–Tienes razón. Se trata de ella y de lo que es mejor para ella. Y nosotros y lo que hacemos no es lo mejor para ella.

–Eso no tienes que decidirlo tú.

–Sí tengo. Troy podía decidir contratarla o dejarla marchar. Lo más seguro era lo segundo.

Se abrió la puerta del dormitorio de Kassidy y apareció Mila.

Troy la observó acercarse. Llevaba los pantalones de faena habituales, ese día marrones, con una camiseta verde oliva. Se había hecho una trenza en el pelo, iba sin maquillar y sus botas de cuero eran el calzado más práctico que podía existir.

Y estaba guapísima.

–Tenemos que salir para el club en quince minutos –anunció ella.

–Yo voy –dijo Troy.

Ella asintió, como si esperara esa decisión.

–Esta noche me quedo yo detrás del escenario –declaró Troy–. Vegas estará en la puerta y Charlie fuera.

–¿Y yo?

Troy quería decirle que se quedara allí con Drake y la niñera. Sus sentimientos por ella no eran sobre sexo y no eran solo profesionales. Le gustaba demasiado y quería protegerla.

–Me mezclaré con la gente –dijo ella. Miró su ropa–. Pero con esto destacaré mucho.

–No espantes al hombre –dijo Troy.

Ella lo miró con reproche.

–No lo haré.

–Quiero verlo en acción, andando, hablando. Quizá eso me refresque la memoria.

–Voy a ponerme algo sexy –dijo Mila–. Seguro que Kassidy puede prestarme algo. Quizá el de la americana me invite a una copa.

–No –dijo Troy. No la quería cerca de aquel hombre.

Ella frunció el ceño.

–Si usa su tarjeta de crédito, sabremos su nombre.

–No –repitió Troy.

–No es un mal plan –intervino Vegas.

–Tú no te metas.

–¿Ya no soy tu socio? –preguntó Vegas–. Porque antes podía opinar en las operaciones.

–Es un plan peligroso.

–Es una copa –dijo Mila–. Y Vegas estará allí. Y tú también. Vamos, Troy. Contrólate un poco.

–No sabemos quién es ese tipo.

–De eso se trata –musitó Mila–. Yo puedo vestirme más femenina a intentar atraerlo.

Troy abrió la boca para protestar, pero sorprendió la sonrisa de suficiencia de Vegas y cambió de opinión.

–Está bien –dijo.

–Dame diez minutos –musitó Mila. Volvió a entrar en el cuarto de Kassidy.

Mila se sentía incómoda vestida con una minifalda de tela escocesa a cuadros verdes y azules que apenas le llegaba a la mitad del muslo. La había combinado con un suéter de angora negro, que llevaba remangado hasta el codo.

Kassidy la había maquillado y Mila se había cepillado el pelo, que iba suelto y algo alborotado. Nunca había usado unos tacones tan altos, pero a juzgar por las miradas que atraía, su atuendo funcionaba.

Todavía no había visto al hombre de la americana, pero había tenido tres ofertas de copas de otros hombres.

–Hacia el este –dijo Vegas en el pequeño auricular que llevaba Mila oculto en el oído.

Ella miró hacia la puerta principal y confirmó la presencia del hombre de la americana.

–Es él –murmuró–. ¿Cuánto falta para que salga Kassidy?

–Diez minutos –repuso Troy.

Mila vio que el hombre de la americana se acercaba a la barra y hablaba con el barman, quien le sirvió agua fría.

Ella se acercó a su vez a la barra, dejó el bolso encima y se inclinó hacia delante. No tenía mucho canali-llo, pero colocó estratégicamente los brazos y dejó que se abriera el cuello en V del suéter para aprovechar al máximo el que tenía.

–El barman llegó enseguida, pero el hombre de la americana apenas miró en su dirección.

–¿Te pongo algo? –preguntó el camarero.

–Martini napolitano.

–¿Con vodka?

–Sí –repuso Mila.

Miró abiertamente el perfil del hombre de la ameri-cana, esperando que se volviera hacia ella.

Él la miró un momento, pero no se giró.

–Ocho minutos –dijo Troy.

–Pregúntale por la chaqueta –apuntó Charlie–. Por el diseñador o algo así.

Mila movió el codo y tiró el bolso al suelo. Aterrizó con un ruido sordo y derramó su contenido por el suelo.

Aquello atrajo la atención de él.

–Mi teléfono –gritó ella. Bajó del taburete, fingió tambalearse y se apoyó en el hombre.

Él le agarró rápidamente los brazos y la sujetó.

–Lo siento mucho –musitó ella–. Son los tacones.

Como era de esperar, él bajó la vista a los zapatos negros decorados con diamantes de imitación.

–¿Te importa? –Mila señaló el bolso con un gesto.

Él miró el escenario y vaciló un momento antes de contestar.

–De acuerdo.

Ella le puso una mano en el brazo.

–Muchísimas gracias.

Se inclinó con él, sacando partido al canalillo.

—Bien –dijo Vegas.

–¿Así es como lo hacen las mujeres? –preguntó Charlie.

–Cuidado –dijo Troy.

El hombre recogió el pintalabios, el móvil, el billetero y las llaves y a continuación se levantó y le tendió el bolso.

–Gracias –repitió ella. Le sonrió y le tendió la mano–. Soy Sandy.

Él vaciló de nuevo antes de estrecharle la mano.

–Jack –dijo.

–Miente –comentó Charlie.

–Tres minutos –dijo Troy.

El camarero puso la bebida delante de ella y Mila tomó varios tragos seguidos.

–Está fantástico –dijo.

El camarero le sonrió.

–No me importaría tomar otro –musitó ella, terminando la copa.

Jack no se dio por aludido.

Desgraciadamente, el camarero sí.

–Marchando –dijo.

Mila cambió de táctica. Señaló un póster de Kassidy.

–Me han dicho que es buena cantante. ¿Tú la has oído antes?

–Un par de veces –contestó él.

–¿Y te gusta?

El hombre le lanzó una mirada que indicaba claramente que le gustaría que se callara y se largara.

–Está hecho de piedra –murmuró Charlie.

–Silencio –ordenó Troy–. Un minuto.

El barman puso otra copa delante de Mila y miró a Jack.

Pero este no hizo nada.

—Invita la casa —dijo el barman.

—Gracias —repuso Mila. Pero sacó un billete de veinte dólares del bolso y se lo tendió.

El barman tomó el billete, miró a Jack y movió la cabeza.

Se encendieron las luces del escenario y empezó a sonar la primera canción de Kassidy. Jack se alejó al instante de la barra y avanzó hacia el escenario.

Mila suspiró su derrota y tomó un trago de la nueva copa.

—Jack está en el borde del escenario —dijo Troy un momento después—. Está poniendo un mensaje.

Mila sacó su teléfono. Edison lo había preparado para que pudiera interceptar los mensajes de Kassidy. Miró la pantallita.

—Nuevo mensaje de YoMiCorazón —musitó.

—¿Puedes leerlo? —preguntó Edison, desde la sala de control de Pinion.

Mila saltó del taburete y se alejó de la barra después de despedirse del barman.

Capítulo Diez

A Troy le resultaba imposible no ver cómo miraban los hombres a Mila cuando cruzaba el aparcamiento al final de la actuación. Le sorprendió la cantidad de fans que se quedaban a esperar a Kassidy, entre ellos el que se hacía llamar Jack.

Esa noche habían comprobado que él era el fan problema de Kassidy. Definitivamente, era el que enviaba mensajes como YoMiCorazón y HalcónNocturno.

Troy sabía que lo había visto antes. Ni Vegas ni ninguno de sus empleados lo reconocían, pero Troy no podía quitarse de la cabeza la idea de que tenía algo que ver con Pinion y con él y de que Kassidy era un peón.

Decidieron que Charlie seguiría a Jack y Vegas se llevaría a Kassidy en su coche. Mila informaría a Troy en el viaje de vuelta a Pinion. Tenían que planear el próximo movimiento y ella tenía que aceptar que las decisiones las tomaba él.

Había hecho un trabajo de base bueno, pero había un peligro real. Ella no había aceptado que la situación probablemente se centraba en él y quería hablar de eso con ella en privado. No podía permitir que lo desafiara delante de los empleados.

Mila se instaló en el asiento del acompañante y Troy puso el coche en marcha. Durante cinco minutos, ninguno de los dos dijo nada. Ella fue la primera en hablar.

—Necesitamos un nombre –dijo. Abrió el bolso pequeño que llevaba–. Tenemos sus huellas dactilares.

Troy la miró y no pudo reprimir una sonrisa de admiración.

–¿Por eso has tirado el bolso? –preguntó.

–Por eso y para llamar su atención. ¿A ti esta ropa no te parece sexy?

–Mucho –repuso él.

No quería pensar en lo sexy que era porque no quería que su mente siquiera aquel camino.

–Ese hombre tiene obsesión con Kassidy –dijo Mila–. Sé que crees que esto es por ti, pero él me ha hecho el mismo caso que si fuera un bloque de cemento.

–O está muy concentrado en la venganza. Los hombres así no tienen reacciones normales ante nada.

–No lo digo porque me crea superatractiva –explicó ella–. Sé que soy bastante normalita.

Troy no estaba nada de acuerdo con eso.

–Pero los hombres no son tan selectivos.

–Tú no eres normalita.

–Tengo una hermana que es un bombón. Créeme que conozco la diferencia. Lo que quiero decir es que Jack de verdad está obsesionado con Kassidy.

–Y yo quiero decir que tú estás increíblemente sexy con esa ropa. No puedo dejar de pensar en ti y desear…

–No entres ahí –musitó ella.

Él frenó de golpe y aparcó el vehículo a un lado de la calle. Giró la cabeza para mirarla.

–No puedo controlarlo.

–Sí puedes.

–¿Tú puedes?

–Sí.

–Mientes. Lo sé porque cuando mientes tensas las rodillas.

–Eso no es verdad –dijo ella. Pero se miró las rodillas.

–A la mayoría de la gente se le nota en la cara. Tú dijiste que a mí se me notaba en la oreja izquierda y te creí. Dime, Mila, ¿miento?

Giró la cabeza para mostrarle el lado izquierdo de la cara. Sabía que debía callarse, pero no quería hacerlo.

–No puedo dejar de pensar en ti. Y no es solo sexo.

–No.

–Sé que quieres ser uno más de los muchachos. Y me gustaría que pudieras serlo. Pero eso no va a pasar. No puedo contratarte y no puedo echarte.

–Déjame que demuestre lo que puedo hacer.

–Eso no funciona así.

–¿Y cómo funciona? Dime cómo funciona y lo haré.

–¿Quieres saber cómo funciona?

–Sí.

–Contigo muerta, así es como funciona.

–¿Eh? –Mila lo miró totalmente confusa.

–Quizá no hoy ni mañana, pero yo te envío a una misión y sale mal y tú acabas muerta como Gabriela.

–¿Gabriela?

–Ni la habilidad ni la inteligencia te pueden preparar para un tipo que mide dos metros y puede levantar un coche pequeño.

–Nadie puede dominar a todo el mundo.

–Es una cuestión elemental de probabilidades matemáticas.

–¿Quién es Gabriela? –preguntó ella.

–Era una agente de seguridad. Y murió.

Mila le puso una mano en el hombro.

–Lo siento.

–Fue culpa mía.

–Estoy segura de que no.

–Tú no sabes nada.

–Te conozco –repuso ella. Su mirada era penetrante y sincera–. Sabes lo que haces. No corres riesgos. No cometes errores.

Él le apretó la mano.

–Nadie es perfecto. Volveré a meter la pata, solo es cuestión de tiempo. Y no soportaría que…

No podría soportar que ella estuviera en la línea de fuego cuando ocurriera.

La calle estaba oscura. El coche estaba oscuro. El brillo del salpicadero reflejaba la piel suave de la mejilla de ella. ¡Estaba tan cerca!

Troy extendió el brazo y le acarició la mejilla con el pulgar.

–No lo hagas –dijo ella. Pero apoyó la cara en la mano de él.

Troy la besó en la boca. Le deslizó la mano por el pelo y ella le devolvió el beso.

Él se acercó más. Sus besos se hicieron más largos y profundos. Troy se desabrochó la chaqueta y le puso las manos en la cintura para abrirse paso entre la falda y el suéter.

–¡Qué suave! –susurró cuando le tocó la piel.

Le besó la mejilla, el cuello y le apartó el suéter para besarle el hombro.

–No podemos hacer esto –dijo ella con voz tensa.

–Tenemos que hacerlo –repuso Troy.

Le tocó el dobladillo del suéter.

Ella vaciló y él esperó.

Ella alzó los brazos. Troy le quitó el suéter y luego abrió el sujetador. Los pechos de ella quedaron libres. A la luz del salpicadero eran suaves y cremosos, con pezones de un coral profundo. Él tomó uno en la mano y después el otro.

Ella gimió y él la atrajo hacia sí y le acarició la piel de satén de la espalda desnuda. Hizo un recorrido táctil de su hombro, su oreja y sus labios entreabiertos. Ella se introdujo el dedo de él en la boca y eso excitó mucho a Troy.

Los coches pasaban a su lado y los faros los iluminaban a retazos.

Volvió a besarla. Le tocó los muslos y fue subiendo con los dedos hasta las bragas de seda. Quería romperlas. Estaba excitado y se sentía impaciente.

Pero no las rompió, las bajó despacio por las piernas y miró sus pechos desnudos.

Ella le bajó la cabeza y él le besó un pezón. Le subió la falda y tocó su calor y su humedad. Ella respiraba con fuerza.

–¿Todo bien? –preguntó él.

–Sí –asintió ella–. Todo bien.

Troy se abrió el botón de los pantalones. Por suerte, llevaba un preservativo en la cartera. Lo encontró, apartó su ropa y la sentó en su regazo, con las piernas de ella abrazando sus caderas.

El calor de ella a su alrededor era demasiado. Troy quería que aquello durara. Pero ella se movió y eso casi acabó con él.

Le agarró las caderas para inmovilizarla.

–No puedes hacer eso.

Ella se inclinó hacia él y frotó los pechos con su torso desnudo.

—Mírame —susurró.

Flexionó las caderas y él gimió en alto.

—Mila, frena…

—¿Demasiado lento?

—No.

Aquella mujer lo iba a matar.

—¿Más deprisa?

—No. Sí. —Él quería ambas cosas. Lo quería todo.

—Puedo ir más deprisa.

Troy intentó protestar, intentó explicárselo, pero solo emitió un gemido de desesperación.

—Oh, Troy —exclamó Mila, cuya respiración se había vuelto jadeante.

Él dejó de luchar y se dejó llevar, aceptó el ritmo rápido que imponía ella y aumentó el ritmo y la potencia mientras seguían pasando luces de faros y ella gritaba de placer.

La siguió al orgasmo, con el corazón a punto de explotar por el esfuerzo. Se detuvieron al unísono, abrazados con fuerza. Estaban sudando.

Ella fue la primera en hablar.

—Supongo que no podemos fingir que no ha ocurrido —musitó.

Mila respiraba profundamente mirando sus cuerpos desnudos, abrazados en el asiento de cuero del coche. No podía insistir en que era una más de los muchachos cuando acababa de hacer el amor de un modo salvaje con el jefe.

–No espero nada a cambio –dijo.

–Puedes tener lo que quieras a cambio. Dilo y es tuyo.

–No quiero conseguir un trabajo así.

–Excepto un trabajo –musitó Troy. Suavizó sus palabras con un beso en el cuello de ella–. No puedo contratarte.

–¿O sea todo menos lo que quiero? –bromeó ella. Podía hacerlo porque jamás permitiría que él la contratara de aquel modo.

–Estaba pensando en joyas o ropa, o quizá un viaje. Eh, ¿te apetece un fin de semana en Cancún?

Otros faros iluminaron la ventanilla. Esa vez se estabilizaron, se hicieron más brillantes e iluminaron directamente el parabrisas trasero.

Mila se bajó de un salto de las rodillas de Troy.

–Ese coche ha parado. Vístete.

Se bajó la falda y buscó el suéter, que estaba encajado entre el asiento y la puerta.

Al mismo tiempo, Troy se subió los pantalones. Mientras buscaba el resto de la ropa, ella se puso la chaqueta de él y guardó el sujetador y las bragas debajo del asiento.

Se alisó el pelo y se lo puso detrás de las orejas.

Alguien llamó en la ventanilla del conductor.

Troy la miró. Tendió la mano y le frotó el labio inferior con el pulgar.

–Mancha de pintalabios –dijo.

Mila se frotó la boca con el dorso de la mano y se hundió más en la chaqueta.

Troy bajó la ventanilla.

Era Charlie.

–¿Estáis bien? –preguntó, mirando a Mila.

Ella le sonrió.

–Claro que sí –repuso Troy–. ¿Cómo te ha ido? ¿Lo has seguido hasta casa?

–Lo he perdido en Metro Center. Ha aparcado y se ha ido en el metro.

Aquello sorprendió a Mila. ¿El hombre sabía que lo seguían?

–Tengo la matrícula del coche –dijo Charlie–, pero está a nombre de una empresa y la dirección de la empresa es un edificio abandonado. Ese tipo sabe lo que hace. Mañana seguiré investigando. ¿Vosotros estáis bien? ¿Problemas con el coche?

–Estamos discutiendo –repuso Troy–. Cada vez estoy más seguro de que esto es sobre mí y ella cree que es sobre Kassidy.

–Es muy terco –dijo Mila.

–De acuerdo, os dejo con ello –gruñó Charlie. Se alejó.

–¿Crees que lo ha adivinado? –preguntó Mila.

Troy miró por el espejo retrovisor.

–No sé. Puede que nuestras discusiones constantes los despisten.

–¿Y por qué crees que discutimos tanto y luego…? –Mila señaló adelante y atrás entre ellos–. ¿Y luego eso?

–Ni idea –dijo él.

–¿Te gusto en secreto? –preguntó ella.

–Nada de secreto. Me gustas –repuso él.

Mila se sintió aliviada, pero no sabía por qué. Podía tener sexo sin buscar nada más. De hecho, no buscaba nada más, solo un empleo.

–No voy a morir –dijo–. No tengo más probabilidades de morir que Vegas o Charlie.

Él la miró con un dolor sincero en su expresión.

–No puedo hablar de eso ahora. –Troy se abrochó el cinturón–. Es tarde, te llevaré a casa.

–Mi coche está en Pinion –le recordó Mila.

–Te llevo directamente a tu casa.

Mila pensó en protestar, pero cambió de idea. ¿Por qué ir a buscar su coche y conducir después veinte minutos hasta su apartamento si Troy podía llevarla? Apoyó la cabeza en el asiento y cerró los ojos.

–Gracias.

–De nada.

–¿Sabes dónde vivo?

–Sí.

Mila había puesto su dirección en los formularios de solicitud de empleo, pero no tenía motivos para asumir que él la había mirado.

–¿De memoria? –preguntó.

–Sí.

–¿Por qué?

–Porque leí tu formulario y puedo retener docenas de datos al mismo tiempo. Además, tú sabes dónde vivo yo, así que es lo justo.

–Gracias –repitió ella.

–¿Te importa que suba a echar un vistazo? –preguntó él–. No te pido pasar la noche –aclaró. Miró su reloj–. De todos modos, me levanto dentro de tres horas. Solo quiero ver dónde vives. Tengo la sensación de que me conoces mucho mejor que yo a ti.

–De acuerdo –repuso ella. No había razones para no mostrarle su apartamento.

Entraron juntos en el bloque. El vestíbulo era pequeño, con dos ascensores, una puerta que daba a la escalera, un par de sillones y una maceta.

Ambos ascensores estaban abajo. Troy pulsó el botón y se abrieron las puertas.

—Piso doce —dijo él.

—¿Qué más sabes de mí? —preguntó ella.

—Tu peso, tu altura, la fecha de tu graduación y el apellido de soltera de tu madre.

—¿Mi cuenta bancaria no?

Él sonrió.

—La necesitábamos para pagarte.

Se abrió la puerta en el piso doce.

—Estoy al final —dijo ella—. ¿O también sabes eso?

—No he mirado los planos. Aunque Edison podría habérmelos conseguido en cinco minutos.

Mila abrió la puerta de su apartamento, que daba a una sala de estar con cocina abierta y una puerta que llevaba al dormitorio y al baño.

—Es pequeño —advirtió. Encendió la luz.

Troy miró el sofá gris, los cojines de color coral, las mesas blancas y los retratos de acuarela.

—Es más bonito de lo que esperaba —dijo. Señaló los retratos—. ¿Quién es esa gente?

—No tengo ni idea. Me gustan los artistas y los retratados. Son personas a las que me gustaría conocer. Me resultan misteriosos, enigmáticos, personas que tienen un secreto.

—¿Te gustan los secretos?

—Me gusta la complejidad. ¿Tienes hambre? ¿Quieres galletas de chocolate caseras?

—¿Horneas galletas de chocolate? —preguntó Troy.

–No es tan sorprendente –repuso ella. Se quitó la chaqueta de él y la dejó sobre una silla. Se acercó a un armario de la cocina, sacó el recipiente con las galletas, lo dejó sobre la mesita de café de cristal y abrió la tapa–. Me gustan las galletas caseras –dijo–. Así que tuve que aprender a hacerlas.

Troy miró las galletas.

–Huelen de maravilla.

–Sírvete.

Troy obedeció. Ella tomó dos, se quitó los zapatos y se sentó en el sofá con los pies debajo del cuerpo. Mordió una galleta.

–Deliciosa –comentó Troy.

Tomó una segunda galleta y se echó hacia atrás en el sofá, rozando el hombro de ella con el suyo.

–Háblame del bombón de tu hermana.

–Es un bombón, pero tiene un novio secreto.

–¿Secreto?

–Un juez que se lleva mal con mi madre. Y cuando se sepa el secreto, habrá rayos y truenos.

–Es su vida –razonó él.

–Puede, pero somos una familia unida. Y mis padres tienen expectativas.

–¿Y tienen que aprobar a tu novio?

–No exactamente –dijo ella. Se quedó pensativa–. Bueno, un poco sí. Es importante para ellos que sigamos siendo un equipo.

–¿El equipo Stern?

–Sí.

Troy le tomó la mano y empezó a acariciarle el dorso con el pulgar.

–Tienes veinticuatro años.

–¿Y qué? –preguntó ella.

–Y nada. –Troy le tomó la cabeza y la apoyó en su hombro–. Tendremos que pensar en ello.

–¿En qué?

–En tu vida. Y en cómo se relaciona con la mía.

A Mila se le aceleró el corazón. Si él había dicho aquello en un sentido romántico, ella debería tener miedo. Pero no lo tenía. Se sentía segura con Troy. Lo único que le daba miedo era que quería seguir sintiéndose así.

Capítulo Once

Mila se había quedado dormida en brazos de Troy y él la había llevado a la cama y tapado con un edredón antes de salir del apartamento. Había robado un par de galletas más, que saboreaba en aquel momento con una taza de café en la isla de su cocina.

Drake le había oído llegar y se había puesto a llorar, así que estaba sentado en su trona, fingiendo comer cereales redondos. La mayoría acababan en el suelo, pero eso tenía entretenido al niño.

Troy miró en el ordenador un vídeo que había hecho la noche anterior del hombre llamado Jack. Este ignoraba a las camareras y a la gente. Toda su atención estaba fija en Kassidy.

Troy comprendía la teoría de Mila, pero también sabía que conocía a aquel hombre. Y eso era significativo y preocupante a la vez. Las probabilidades matemáticas de que un fan fuera un peligro para Kassidy eran pequeñas, las de que alguien del pasado de Troy representara un peligro para su familia eran mucho mayores.

Observó la expresión del hombre. ¿Quién narices era?

Kassidy entró en la cocina con una bata de satén estampada.

–Buenos días.

–Madrugas mucho –comentó Troy.

Drake soltó un gritito.

–Se alegra de verte –dijo Troy.

–Pues claro que se alegra de verme. ¿Quieres que Kassidy te traiga un biberón? –preguntó al niño.

–Bah –dijo Drake.

–¿No quieres que te llame mamá? –preguntó Troy con curiosidad.

Kassidy se golpeó el dedo del pie en el mostrador.

–¡Ay! Eso duele.

–¿Kassidy? –insistió Troy–. ¿No quieres que te llame mamá?

–Claro. Sí. Con el tiempo.

–¿Tienes dudas sobre la adopción?

–No, claro que no. Drake es parte de esta familia. Acostúmbrate.

Troy alzó las manos en un gesto de rendición.

–De acuerdo.

–¿Puedes sacarlo de ahí?

–Claro que sí.

Troy paró el vídeo y se puso en pie. Kassidy podía ser frustrante, pero Drake no tenía la culpa. Le desató el cinturón y lo tomó en brazos.

Kassidy los miró.

–¿Tú te ves en la vida de Drake cuando sea más mayor? –preguntó.

–Claro –repuso Troy–. ¿Por qué no? Si no tiene un padre cerca, me necesitará a mí.

Kassidy parpadeó y los ojos se le llenaron de lágrimas.

–Eh –dijo Troy–. ¿A qué viene eso? –Se acercó a ella.

–Es el dedo –respondió la chica con voz emocionada–. No, no es eso. Eres tú. Estás respondiendo.

Troy apretó a Drake contra sí.

–¿Lo dices por este pequeñín?

–Sí.

–Admito que no sé lo que hago. No sé si es lo correcto. Pero puedes contar conmigo, Kassidy. Probablemente debería haber estado más pendiente de ti antes de ahora.

Ella se acercó a abrazarlo.

–Ahora nos has ayudado. Eso es lo que cuenta.

–Ahora puedes contar conmigo –dijo él, rodeándola con el brazo libre.

Mila se despertó sola encima de la cama, vestida todavía con la ropa de Kassidy y tapada con un edredón. Eran casi las diez de la mañana y no sabía a qué hora se había ido Troy.

Saltó de la cama y se dirigió a la ducha. La noche anterior había sido un error y sabía que debería arrepentirse, pero no lo conseguía. De momento, hacer el amor con Troy era un recuerdo cálido y exótico. Algo que quería repetir.

Aquello era terrible. Ya nadie la tomaría en serio. Si Troy se lo decía a alguien…

Sintió frío de pronto. ¿Se lo diría a Vegas?

Vegas era su mejor aliado en Pinion, y le había prometido que no se acostaría con Troy. Si Vegas perdía la fe en ella, si creía que era débil…

Lanzó un gemido bajo la ducha. Quería ser fuerte y estar en control, asumir desafíos físicos y mentales. Pero estaba dejando que se le escapara esa oportunidad.

Se echó champú en la mano y pensó en Kassidy y

Drake, y de nuevo en Jack. Troy buscaría la conexión del hombre con él, lo que implicaba que sus empleados harían lo mismo. Ella, Mila, tenía que buscar la conexión con Kassidy, o incluso con Drake.

Pensó de nuevo si Jack podría ser el padre del niño. Y quizá Kassidy ni siquiera lo supiera. La chica no había reaccionado a la foto de Jack, pero sí a las preguntas del padre de Drake. Quizá sabía que era un hombre peligroso, pero no sabía quién era.

Sintió un escalofrío. Si era así, necesitaba pruebas que llevarle a Troy. Porque, en ese caso, tenían que proteger a Drake tanto como a Kassidy.

Se puso unos vaqueros y una camiseta, tomó un taxi y fue directamente al aeropuerto. No tenía mucho de lo que partir, solo el nombre del hospital y la fecha de nacimiento de Drake.

Probaría primero en el hospital. Si no encontraba nada, iría al registro civil. Tal vez consiguiera que le dieran algún detalle allí.

Tardó dos horas en llegar a Nueva Jersey y menos de diez minutos en que la rechazaran de plano los empleados del hospital. A media tarde se encontraba inmersa en una batalla perdida con el registro civil. Sin permiso de los padres, no podía ver la partida de nacimiento de Drake.

Intentó explicar que su madre había muerto y no se sabía quién era el padre. Incluso fingió que la petición estaba relacionada con la adopción de Kassidy, confiando en que tuvieran el nombre de esta. Pero le dijeron que buscara un abogado y pidiera una orden judicial.

Salió del edificio derrotada y se detuvo en los escalones de piedra, con el tráfico moviéndose en el cruce de delante.

—¿Algún problema? —preguntó un hombre bien vestido, que rondaba los cuarenta años. Subió los escalones hacia ella con una sonrisa amistosa.

Mila apartó la vista.

—Ninguno —dijo.

—¿Ha encontrado lo que buscaba?

—Sí.

Ella echó a andar y él se colocó a su lado.

—Pues no lo parece. Tiene aspecto de derrotada y no lleva un sobre marrón en la mano —replicó él. Señaló a una pareja que salía también del edificio—. Como ese.

—Está en mi bolso.

—Su bolso no es lo bastante grande. Me llamo Hank Meyer y quizá pueda ayudarla. Por una pequeña tarifa, por supuesto.

—No me interesa, señor Meyer.

—Llámeme Hank.

—Me parece que no. —Mila apretó el paso.

—Hay otros medios de conseguir archivos.

Mila alzó la mano para parar un taxi.

—¿Medios ilegales? —preguntó.

—Casi legales —repuso él. Señaló un café en la acera de enfrente—. En la esquina hay un cibercafé. Aceptan metálico. Solo hay que entrar y salir, no quedan huellas.

—Sigue siendo ilegal.

—Se llaman registros opacos. Puede verlos, pero no puede descargarlos. Ni usarlos para negocios o propósitos personales. Pero puede hacer una foto con el móvil.

Pasó un taxi amarillo, pero iba ocupado.

–¿Qué es lo que busca? –insistió Hank Meyer–. Yo solo quiero ayudar.

–No, no es verdad.

Él buscaba algo, pero ella todavía no sabía lo que era.

Pasó otro taxi e intentó pararlo. Suspiró con exasperación cuando el vehículo pasó de largo.

–Si no le gusta lo que ofrezco, puede alejarse en cualquier momento –dijo Hank Meyer–. ¿Qué busca? A grandes pinceladas. ¿Nacimiento, muerte, divorcio? Sé que es usted del oficio.

–¿Del oficio?

–Investigadora privada.

–No soy… Vale, estoy investigando.

–Pues es usted muy joven o muy nueva. Seguramente las dos cosas. Entramos ahí enfrente. Usted me da el nombre. Cincuenta pavos. Entro y salgo. No es legal exactamente, pero no la van a meter en la cárcel si la pillan. Borre eso. Si me pillan a mí, puede que me multen. Usted es una peatona inocente.

–O usted puede ser policía y esto una trampa.

Él se echó a reír.

–Sí. Policías de paisano desplegados en el Registro Civil para atrapar a ladrones de documentos que, por lo demás, son ciudadanos honrados. Eso sí que sería un gran desperdicio de recursos públicos.

Mila sabía que él tenía razón. Odiaba admitir que se sentía tentada. ¿Por cincuenta dólares podía echar un vistazo a la partida de nacimiento de Drake?

–Esto es Jersey, señorita. Le aseguro que la policía tiene cosas mejores que hacer.

–¿Hace mucho tiempo que se dedica a esto? –preguntó Mila.

–Dos años. Nunca he tenido ningún problema–. ¿Qué tipo de documento?

–Partida de nacimiento.

–¿Reciente?

–De este año.

–Coser y cantar –dijo él.

Señaló el semáforo y lo cruzaron juntos. Mila dijo a Meyer el nombre de Drake, su fecha de nacimiento y la información del hospital. Luego esperó en la acera, con la sensación de ser una ladrona al acecho. Por suerte, él volvió pronto.

–Eche a andar –le dijo.

–¿Lo han pillado?

Él sonrió.

–No, ya he terminado. ¿Necesita una copia? Es más seguro si lo mira en mi teléfono, así no hay ningún vínculo digital entre nosotros. Pero si necesita que se lo envíe…

–Solo quiero mirar.

Él le tendió el teléfono.

Mila miró la foto y se le paró el corazón. Miró al hombre, preguntándose si aquello podía ser una broma de mal gusto.

–¿Qué? –preguntó él. Parecía sinceramente preocupado–. ¿Se encuentra bien?

–¿Es esto?

–Claro que sí. –Él señaló el nombre de Drake y su fecha de nacimiento.

Mila no sabía qué decir.

–Cincuenta pavos –le recordó él.

–Sí. Sí. –Mila sacó del bolsillo los cincuenta dólares que había metido allí cuando él estaba en el cibercafé–. Gracias.

–Ha sido un placer. –Él tomó su teléfono y se alejó.

Mila caminó por la acera y se agarró a una verja de hierro situada en el extremo de un parque pequeño.

Troy era el padre biológico de Drake.

Tenía que llamar a Kassidy y esta tenía que hablar con él.

–Kassidy está de compras con Mila –dijo Troy. Estaba subiendo desde el garaje de Pinion, después de volver de un almuerzo de trabajo con los búlgaros–. Le he dicho que puede hacer un cuarto infantil en el dormitorio de invitados y se ha puesto muy contenta.

–El coche de Mila sigue aquí –dijo Vegas.

–¡Qué raro! –exclamó Troy.

Había asumido que Mila iría en taxi a la oficina a buscar su coche.

–La niñera ya está aquí y Kassidy se ha retrasado.

–Pues llámala.

–La ha llamado Gabby, pero salta el buzón de voz. Yo llevo una hora llamándola y pasa lo mismo.

Troy se detuvo. Acababa de oír por primera vez la preocupación en la voz de su amigo.

–¿Crees que pasa algo?

–Creo que no podemos localizar a Kassidy y que lleva unas horas sin contactar con nadie.

–Llama a Mila.

–Ya lo he intentado –respondió Vegas.

–¿Dónde estás?

–En el despacho.

–Voy subiendo. Llamaré yo a Mila.

Marcó el número de ella, pero saltó el buzón de voz. Le dejó el mensaje de que lo llamara y bajó por el pasillo pensando en la situación.

–¿Mila sigue teniendo el comunicador de anoche? –preguntó a Vegas–. Dile a Edison que lo pruebe.

Vegas llamó a Edison y Troy saludó a Gabby, que estaba también en el despacho.

–¿Kassidy tenía que estar aquí? –le preguntó.

–Hace más de una hora –contestó Gabby–. Normalmente llama si cambia de planes.

–¿Cuándo hablaste con ella por última vez? –preguntó Troy.

–Anoche –respondió Gabby.

Lo que implicaba que él era probablemente el último que había visto a su hermana esa mañana.

–¿Te importa esperar en el apartamento? –preguntó a la niñera–. Si llama o aparece, ponte en contacto conmigo enseguida.

–Por supuesto –dijo la chica–. Estoy segura de que habrá una explicación sencilla.

–Yo también –murmuró Troy, que cada vez lo creía menos.

–El comunicador de Mila está en su apartamento –informó Vegas.

Sonó el teléfono de Troy y él miró la pantallita. Era Mila.

–¿Dónde estás? –preguntó él.

–En un taxi. Voy para la oficina.

–¿Kassidy va contigo?

–No. No he podido hablar con ella. ¿Por qué?

Troy lanzó un juramento.

–¿Qué ha pasado? –preguntó Mila.

–No sabemos. No contesta al teléfono.

–¿Cuánto tiempo? –preguntó ella.

–Al menos una hora, quizá más. Pensábamos que estaba contigo.

–No la he visto desde anoche. Oye, aquí hay algo que no hemos…

–¿Quién demonios es ese hombre? –la interrumpió Troy. Su vago recuerdo de Jack era la mejor pista que tenían–. Tengo que llamar a Charlie.

–Bien. –Mila hizo una pausa–. Llegaré en diez minutos.

–Bien.

Troy no sabía si le aliviaba la presencia de ella. Mila no podía hacer nada. Quizá Kassidy estaba bien. Quizá se había ido de compras sola y se le había acabado la batería. Pero si no era así, si le había pasado algo, Mila no podía hacer nada que no pudiera hacer el equipo de Pinion.

–¿Sí, jefe? –preguntó Charlie.

–¿Sabes algo de la compañía del coche?

–No mucho. Se esconde detrás de una empresa con base en Pennsylvania. En Lancaster. ¿Tú no viviste allí?

–Sí –dijo Troy–. Había vivido allí con su padre, la madre de Kassidy y Kassidy. Sintió una inyección de adrenalina–. Búscame a Ronnie Hart. Todo lo que puedas encontrar. Sobre todo propiedades. Si posee o alquila algo en Washington.

–De acuerdo. ¿Ese es nuestro hombre?

–Sí –dijo Troy. Terminó la llamada.

–¿Qué? –preguntó Vegas.

–Un vecino. Ronnie Hart era un vecino en Apple-berry Street, un adolescente entonces. Pero jugaba con Kassidy y parecía que le gustaba. Ella solo tenía siete años y aquello era raro, pero yo era demasiado egocen-trista para prestar atención. La madre de Kassidy y nues-tro padre vivían en su mundo. Esa chica casi se crio sola.

–Los tiene él –dijo Vegas. Se metió una pistola en el bolsillo de atrás de los pantalones.

Troy asintió.

–No iba a por mí.

Intentó recordar si Ronnie era peligroso o solo un alucinado. No era un criminal internacional que bus-cara venganza, pero tampoco estaba en contacto con la realidad.

Vegas se puso un comunicador en el oído y le lanzó otro a Troy.

–Vamos a por ellos.

Mila entró por la puerta.

–¿Qué sabemos? –preguntó.

–Ronnie Hart –respondió Troy.

–¿Tienes el nombre?

–Un antiguo vecino de Kassidy y mío. Debió de se-guirla aquí. Y ahora probablemente los ha secuestrado.

Mila se aceró a él y bajó la voz.

–Tengo que hablar contigo.

–Ahora no.

–Mila –la llamó Vegas. Le lanzó un comunicador–. ¿Vienes?

–Sí –respondió ella. Miró a Troy–. Dos minutos –dijo, implacable.

–Busco a Charlie y nos vemos en el garaje –inter-vino Vegas.

–¿Qué te pasa? –preguntó Troy cuando se quedaron solos en el despacho.

–Se trata de Drake –dijo Mila–. Siento decirlo así, pero es hijo tuyo.

Aquello no tenía sentido.

–La madre de Drake es Julie Fortune –dijo Mila.

Troy se tambaleó y oyó un rugido en los oídos.

–¿Julie?

–¿La conociste?

–Cantaba con Kassidy.

–¿Y…?

–Fue una noche. –Troy casi no lo recordaba–. El año pasado en Nueva York.

Su cerebro escarbó en el recuerdo. Las fechas coincidían. Y Julie y Kassidy eran muy amigas. Él tenía un hijo. Drake era su hijo. Su hijo estaba en peligro.

–Vámonos –dijo.

Cuando entraba en el garaje, sonó su teléfono.

–Jefe –dijo Edison–. Ronnie Hart tiene una casa aquí. Envío la dirección a los teléfonos y al GPS de los vehículos. Llegaréis en veinte minutos.

–Bien –repuso Troy–. Cambio y corto.

Capítulo Doce

Era una casa sencilla, un bungaló de una sola planta, de ladrillo rojo, con contraventanas negras, en una esquina de una calle tranquila. Aparcaron a dos manzanas de distancia. Charlie y Vegas fueron por la parte de atrás y Troy y Mila se acercaron desde la calle.

Había hojas secas en el césped. Dos arces y algunos arbustos ofrecían poca protección, así que se quedaron a un lado del edificio.

–Espera aquí. Es una orden.

–De eso nada –repuso ella.

Se oyó el llanto de un niño. Los dos avanzaron hasta una ventana, donde se agacharon. Troy se incorporó despacio para mirar dentro.

–Es un dormitorio –susurró–. No veo a nadie.

–En la cocina no están –dijo Vegas.

–Drake suena en la sala –intervino Mila.

–¿Quieres atacar? –preguntó Charlie.

–Demasiado riesgo –repuso Troy.

–Dejadme llamar a la puerta –sugirió Mila.

–¿Por qué tú? –preguntó Vegas.

–Porque parezco normal. Los demás parecéis mercenarios.

–Mal plan –intervino Troy–. Te reconocerá del club.

–No me prestó atención –replicó ella–. Y estoy muy distinta a anoche.

Nadie dijo nada.

–¿Tenéis un plan mejor? –preguntó Mila.

–Podemos entrar sigilosamente por la puerta de atrás. Yo puedo forzarla –se ofreció Vegas.

–Voy a asomarme por la ventana de la sala –dijo Troy. Hizo señas a Mila de que no se moviera y avanzó agachado por la fachada.

–Antes o después nos verá un vecino y llamará a la policía –dijo ella.

–Tiene razón –intervino Charlie–. Si aparece la policía, podemos acabar con un problema de rehenes serio.

Troy se alzó despacio y se asomó por la ventana. Volvió a agacharse.

–Están aquí, pero muy próximos –dijo. Miró a Mila.

–Llamaré a la puerta –dijo esta–. Soy una mujer con un problema en el coche y el móvil sin batería. Si entro, los separaré y os haré ganar tiempo.

Hubo un silencio.

–Es lo mejor que tenemos –comentó Vegas.

Troy miró a Mila como si quisiera valorar si podía hacerlo. Ella extendió la mano para mostrarle que sus nervios estaban firmes.

–De acuerdo –asintió él.

Se colocó entre dos ventanas y se aplastó contra la pared.

–No corras riesgos innecesarios –dijo.

Mila guardó la pistola en la parte de atrás del pantalón, se puso el pelo de modo que tapara el auricular y se acercó a la puerta.

Llamó al timbre y tocó con los nudillos con fuerza.

–¿Hola? Necesito ayuda.

Esperó un momento y volvió a llamar.

–¿Hola? Necesito usar su teléfono.

Drake seguía llorando dentro y no se oía nada más. Entonces se abrió un poco la puerta.

–No puedo ayudarla.

–Siento molestarlo –dijo ella–. Espero no haber despertado a su niño. ¿Cuánto tiempo tiene? Yo tengo una sobrina.

–Tiene que irse –le dijo Ronnie Hart.

–Lo comprendo. Y me iré. Pero esta es la tercera casa que pruebo y no hay nadie en casa. Tengo una cita con mi hermana. Está embarazada y la cita es para una ecografía. Puede que sean mellizos. Y tengo que llamar al seguro del coche. ¿Por favor?

Él tardó un momento en contestar.

–¿Cuál es el número?

–Oh, es usted un ángel –dijo ella. Hizo que buscaba algo en el bolsillo, se apoyó de pronto en la puerta, la abrió de golpe y él se tambaleó–. Muchas gracias –dijo, como si pensara que la había abierto él.

Ronnie retrocedió rápidamente y se colocó al lado de Kassidy. Ella estaba pálida y temblorosa. Tenía a Drake en brazos, pero daba la impresión de que pudiera dejarlo caer.

–Hola –dijo Mila animosa, con la esperanza de que la otra no mostrara ninguna reacción–. Encantada de conocerla. Tiene un niño muy guapo. Su esposo va a hacer una llamada por mí.

Por suerte, Kassidy guardó silencio. Pero Ronnie le quitó a Drake.

–Sé que tengo el número por aquí, en alguna parte –musitó Mila.

Cuando alzó la vista, Ronnie apuntaba a Kassidy con una pistola.

–¿A qué viene la pistola? –preguntó, para alertar a Troy y los demás.

–¡Moveos! –ordenó Troy.

–Te reconozco –dijo Ronnie–. Me diste conversación anoche. Supongo que sois amigas.

Troy entró con cautela por la puerta, con la pistola en la mano y la mirada fija en Ronnie.

–Atrás –ordenó Ronnie. Le quitó rápidamente el seguro a la pistola–. Diles a los otros dos que se queden en la cocina.

Troy miró a Vegas y a Charlie.

–Lo digo en serio –gritó Ronnie. Tenía los ojos vidriosos y el rostro sonrojado. Sostenía precariamente a Drake debajo de un brazo y tenía la pistola en la otra mano, apuntando a Kassidy, que estaba a poca distancia.

–No os acerquéis –dijo Troy a Vegas y a Charlie.

–Sabemos lo que pasa aquí –comentó Mila, con la voz más tranquila que pudo conseguir.

Ronnie apoyó la pistola en la sien de Kassidy.

–Sé que te gusta Kassidy –siguió Mila–. Yo también la aprecio.

–Tú no sabes nada –escupió Ronnie.

–Mila –le advirtió Troy.

Pero ella no podía retroceder. Era la más próxima a ellos y la única que no lo apuntaba con un arma. Tenía que llamar su atención e impedir que pensara que no tenía nada que perder. Y necesitaba enviar una señal a Kassidy.

–Me encanta cómo canta –dijo–. Y a ti también. Te

he visto entre el público. Está trabajando en una canción nueva –continuó–. Con un baile estupendo. –Hizo unos pasos, que aprovechó para acercarse más a ellos. Miró a Kassidy a los ojos, intentando que entendiera el mensaje.

–Cállate –gritó Ronnie.

Mila siguió mirando a Kassidy.

–Hay un paso espectacular al principio de la nueva canción.

Kassidy abrió mucho los ojos y palideció.

–Deberíamos pedirle que lo hiciera.

–¡Todo el mundo fuera! –gritó Ronnie. Sacudió a Drake, que gritó de terror.

Grandes lágrimas se formaron en los ojos de Kassidy.

–Ahora –gritó Mila.

Se lanzó a por Drake y Kassidy se dejó caer al suelo. La pistola se disparó. Mila le quitó Drake a Ronnie y giró para aterrizar de espaldas con el niño encima y a salvo.

Sacó la pistola de la cintura y apuntó a Ronnie.

Pero Troy se le había adelantado y tenía a Ronnie clavado al suelo. Le dio la vuelta y le ató las muñecas.

Vegas levantó a Kassidy y la abrazó.

–Llévatela de aquí –dijo Troy con voz ronca.

–¿Estáis todos bien? –preguntó Mila, apuntando todavía a Ronnie.

Troy la miró. Ella no podía saber si estaba furioso o aliviado.

Vegas se llevó a Kassidy por la puerta y en la distancia se oían ya sirenas. Sin duda algún vecino había llamado a la policía.

Horas después, Ronnie estaba detenido, Drake profundamente dormido, y Troy intentaba desesperadamente encontrarle sentido a su vida.

Acariciaba el pelo sedoso de su hijo y observaba su pecho subir y bajar con la respiración. No podía imaginar qué milagro lo había llevado allí.

Oía a Mila y Kassidy hablando en la sala de estar. Su hermana había sufrido un impacto, pero la cena y un vaso de vino parecían haber ayudado.

Troy decidió que había llegado el momento de pedir respuestas.

Entró en la sala y se colocó delante de su hermana.

–No lo entiendo –dijo–. ¿A qué vino el engaño? ¿Por qué no me lo dijiste?

A Kassidy le tembló un poco la voz.

–Porque no sabía cómo. De hecho, no sabía si debía decírtelo. Sé que no quieres un bebé.

–No importa si lo quiero o no. Tengo un bebé.

–Julie me pidió que lo adoptara. Quería que se quedara con su familia. Yo tenía miedo de que lo dieras en adopción.

Troy abrió la boca para protestar.

–No –dijo su hermana–. Sabía que era posible que no lo quisieras. Y también que pensabas que yo sería una madre terrible.

Troy no podía discutir aquello.

–Me aterrorizaba que me obligaras a dárselo a alguien mejor –continuó Kassidy, con voz espesa por la emoción–. Pero yo lo quiero, Troy. Estaba allí cuando nació. No podría soportar dárselo a desconocidos.

Él sintió una opresión en el pecho.

–No se lo daremos a desconocidos. –Se inclinó para tomarle la mano–. Es mi hijo, Kassidy. Por supuesto que voy a criar a mi hijo.

Ella le dedicó una sonrisa trémula. Mila, a su lado, se secó los ojos con el dorso de la mano.

–Hoy lo has hecho bien –dijo Troy a su hermana–. Muy bien. Has conservado la calma y has ayudado a salvarle la vida a Drake.

Kassidy se estremeció.

Troy se dio cuenta de que seguía pálida y tenía sombras debajo de los ojos.

–Vete a dormir –le dijo–. Tenemos que planear el cuarto infantil. Y también tu habitación. Quiero que estés aquí lo más posible para ayudar con Drake.

Ella asintió rápidamente.

–Somos una familia poco ortodoxa, pero somos familia –dijo él.

Kassidy se levantó.

–De acuerdo. Ahora me voy a la cama. –Se inclinó a abrazar a Mila–. Muchísimas gracias.

–Descansa.

–Lo haré –dijo Kassidy. Se fue a su cuarto.

Troy miró a Mila, quien le devolvió la mirada. Cruzó la estancia y se sentó en las rodillas de él.

El cuerpo de Troy cantó de alegría. Le pasó una mano por los hombros, apoyó la cabeza en el pelo de ella e inhaló profundamente.

–Sé que siempre hacemos esto impulsivamente –dijo él–, sin analizarlo ni comentarlo, pero debo decir que quiero llevarte a mi dormitorio y hacer el amor contigo las próximas doce horas.

–Quizá deberíamos comentar los pros y los contras –susurró ella.

–Hay muchos pros.

–¿Por ejemplo?

–Eres hermosa, suave y sexy, eres lista, divertida y atrevida. Y me encanta cómo hueles.

Ella giró la cara para mirarlo.

–A mí me encanta cómo hueles tú. –Le puso las manos en el pecho–. Y me encanta tu piel. Y tu fuerza. Haces que me sienta segura.

–Estás segura.

Ella alzó la barbilla y él la besó en la boca.

–También hay contras –dijo ella.

–Esta noche no. Esta noche estamos solo tú y yo.

Mila despertó sintiéndose más ligera y más segura de sí misma. Salió del dormitorio y oyó la voz de Troy procedente de la cocina. Era obvio que hablaba con Drake.

Se detuvo en el umbral.

–Buenos días.

Troy alzó la vista de la mesa.

–Buenos días. ¿Café?

–Me encantaría.

Troy se levantó a tomar una taza blanca del estante inferior.

–¿Has dormido bien? –preguntó.

–Sí –dijo ella.

Se acercó a Drake y le acarició la cabeza.

–¿Podemos hablar ya del trabajo? –preguntó.

–No hablemos de eso –respondió Troy.

–Demostré que tenía razón.

La voz de él se volvió fría.

–¿En que no era sobre mí? Yo conocía a Ronnie Hart.

–¿Qué? No. No digo que estuvieras equivocado. Solo digo que actué bien. Hice el trabajo. Salvé a Drake.

–¿Quieres decir que buscas una recompensa? –preguntó él con dureza.

–Busco reconocimiento. Quiero lo que he querido siempre, Troy.

Él le dio la espalda.

–Cien personas podrían haber hecho lo que hiciste tú.

A Mila le costó un minuto asimilar lo que había oído. Troy se volvió hacia ella.

–Tú eres mejor que eso –continuó él–. Eres más que esas cien personas juntas.

Ella miró su expresión implacable.

–Oh, no, de eso nada. No te atrevas a decirme que soy demasiado buena para que me contrates.

–Eres demasiado buena para que te contrate. Te quiero en mi vida, no como empleada, como la mujer…

–No –gritó Mila.

Él no podía hacerle eso.

–Escúchame –dijo Troy.

–Anoche te mostré lo que puedo hacer. Probé que soy tan buena como cualquier hombre.

–¿Te he dicho alguna vez que quería que probaras

algo? ¿Alguna vez te he ofrecido contratarte? ¿Te he dado falsas esperanzas?

–Yo pensaba…

Drake hacía ruidos de fondo y arrojaba cereales al suelo.

–Te quiero en mi vida, Mila.

–Pero no en tu empresa.

–Te quiero para siempre, no hasta que la primera bala… –Él se detuvo bruscamente y apretó los puños.

–No tienes fe en mí.

–Soy realista. No puedo fingir que no lo soy.

Ella dejó su taza en la mesa y avanzó hacia la puerta.

–Y yo no puedo fingir que soy un fracaso.

–Yo no he dicho…

–No soy un fracaso, Troy.

Mila sentía un dolor intenso en el pecho, en el espacio vacío que rodeaba su corazón.

Se había engañado. Pensaba que, como lo quería, él le correspondía. Y si la quería, tenía que respetarla.

Se equivocaba. Él no la respetaría nunca. Nada había cambiado. Él no cambiaría nunca.

Se había acabado. Podía ser una Stern, pero había fracasado miserablemente.

–¿Por qué no me lo has dicho? –preguntó Troy a Vegas en la sala de control.

–¿Decirte qué? –preguntó a su vez Vegas sin volverse.

–Que ella ha estado aquí, que había vuelto.

El mundo de Troy había terminado de funcionar

dos semanas atrás, con la marcha de Mila. Sus días se habían vuelto rutinarios y la echaba muchísimo de menos.

–Ha vuelto unas cuantas veces –repuso Vegas.

–¿Qué? –Troy miró la pantalla que mostraba la carrera de obstáculos en la que Mila se arrastraba por el barro.

Vegas se giró en su silla de ruedas.

–A practicar. Está empeñada en terminarlo.

Troy miro a Vegas con rabia.

–¿Quién más lo sabe?

–Todo el mundo.

Troy veía rojo. No se atrevía a hablar. Quería despedir a toda la compañía.

–La han ayudado –dijo Vegas–. Charlie, Edison, yo. Todos hemos compartido nuestras mejores técnicas con ella.

–¡Que nadie se acerque a ella! –gritó Troy–. Nadie.

–¿Jefe? –preguntó Charlie detrás de él.

–Vete de aquí –le advirtió Vegas.

Troy se volvió hacia él y Charlie abrió mucho los ojos.

–¿Qué hacías con Mila? –preguntó Troy.

–Nada, jefe. Solo le daba consejos sobre el circuito de obstáculos.

–Les gusta –dijo Vegas.

–A mí también me gusta –gritó Troy–. Por eso quiero que siga con vida.

–No se va a morir –declaró Vegas con impaciencia.

–Tiene las mismas probabilidades de morir que tú –comentó Charlie–. Te equivocas en esto. ¿Acaso

Vegas no puede contigo? Cuerpo a cuerpo, ¿no puede contigo todas las veces?

Troy no iba a caer en aquella trampa. No era lo mismo.

—¿Eso te convierte en inútil? —preguntó Charlie.

—Cuidado con lo que…

—¿Y a mí? —siguió Charlie—. Yo no soy muy grande, pero puedo dispararle a una mosca a quinientos metros. ¿Y Edison? Hasta yo puedo con Edison, pero le das unos productos de limpieza y un control remoto de coche y te vuela un edificio.

—No es lo mismo —repitió Troy.

—Es lo mismo —dijo Charlie—. Nos cae bien. La necesitamos. La diversidad nos hace más fuertes y la queremos en el equipo. Hemos votado.

—¿Habéis votado? —Troy no daba crédito a lo que oía.

—Salió por unanimidad.

—¿Y desde cuándo se toman decisiones en Pinion votando?

—Yo tengo un voto —comentó Vegas—. Miró a Charlie—. Pero te equivocas cuando dices que es lo mismo. Es distinto porque Troy no está enamorado de Edison, ni de nosotros.

—Yo no estoy… —Troy se detuvo. ¿De verdad quería negarlo en voz alta?

—Lo que ocurre es esto —dijo Vegas—: Puedes amarla entera o nada. Pero no puedes elegir qué partes sí y cuáles no. —Se volvió hacia la pantalla—. Mírala. Esta vez conseguirá acabar el circuito.

Charlie lanzó un silbido.

—Si lo estropeas con ella, te daré una paliza —dijo

Vegas. Se puso en pie–. Alguien tiene que estar allí para recibirla.

–Ese seré yo –dijo Troy.

–Pues más vale que le ofrezcas un empleo –contestó Vegas.

La mente de Troy se rebelaba. No podía. No lo haría. Pero, por otra parte, ¿cómo no hacerlo?

–Tú mismo –dijo Vegas–. Pero si no lo haces tú, lo haré yo. Pinion no va a rechazar a una candidata con sus cualidades.

–De acuerdo –gruñó Troy–. La contrataré.

Dio media vuelta y salió al pasillo.

Cuando llegó a las escaleras, su paso se había vuelto ya más ligero. Le ofrecería un trabajo y después un anillo. Y luego le suplicaría que pasara el resto de su vida con Drake y con él.

Salió por la puerta de atrás y corrió hasta la meta de la carrera de obstáculos. Ella estaba ya en el último medio kilómetro.

Lo iba a conseguir.

Tenía que conseguirlo.

De pronto le falló el tobillo y cayó al suelo. A Troy se le subió el corazón a la garganta. Tuvo que hacer un gran esfuerzo para no correr en su ayuda.

Mila se levantó. Se tambaleó unos pasos, perdiendo un tiempo precioso.

–Vamos, Mila –dijo él en voz baja.

Ella empezó a trotar y después a correr, cada vez más firme. En el reloj quedaba menos de un minuto y Troy deseaba desesperadamente darle más tiempo.

Entonces lo vio y aflojó el paso.

–No –gritó él–. Corre. Puedes hacerlo.

Oyó voces a sus espaldas y se dio cuenta de que la mitad del edificio había salido a animarla.

Ella sonrió y empezó a correr más fuerte. Troy se colocó en la meta para esperarla allí.

Mila cruzó la línea de meta cuando le quedaban seis segundos, y Troy dio un puñetazo en el aire. La abrazó con fuerza por la cintura y alzó su cuerpo embarrado en el aire.

—Estás contratada —dijo.

La besó y los demás la rodearon para darle palmadas y felicitarla.

Troy la bajó al suelo. Ella sonreía de oreja a oreja.

—Charlie —dijo Troy—. Busca a alguien que haga un vestuario nuevo.

—Sí, jefe.

—Todos los demás, largo de aquí.

Los empleados se alejaron entre risitas.

—Mila —susurró él, apartándole el pelo embarrado de la frente.

—¿Sí, jefe?

—Aceptarás el trabajo.

—Sí.

—¿Y te casarás conmigo?

Ella abrió mucho los ojos.

—Te amo —dijo él—. Te quiero mucho.

—¿Puedo hacer las dos cosas? —preguntó ella, con voz vacilante.

Troy sonrió.

—Espero que sí.

—¿Estoy contratada? —confirmó ella.

Él se echó a reír.

—También estás prometida.

–No sé cuál de las dos cosas hará más feliz a mi familia –dijo ella. Se puso de puntillas y lo besó.

–¿Qué te hace más feliz a ti?

Mila le acarició la mejilla.

–Que puedo amarte, estar contigo y compartir tu vida.

–Buena respuesta, amor mío. Vamos a hacer un equipo de primera.

Deseo

Fantasías eróticas

Andrea Laurence

Natalie Sharpe, organizadora de bodas, nunca pronunciaría el «sí, quiero». Su lado cínico no creía en el amor, pero su lado femenino creía en el deseo. Cuando en una boda organizada en el último momento, se reencontró con el apuesto hermano de la novia, que había sido su amor de adolescente y el protagonista de todas sus fantasías, deseó tener una segunda oportunidad de que pasara algo entre ellos.

Colin Russell ya no era un adolescente, sino un hombre hecho y derecho y organizar con él la boda de su hermana era una tentación a la que Natalie no podía resistirse.

¿Conduciría un largo y apasionado beso a esa novia renuente hasta el altar?

¡YA EN TU PUNTO DE VENTA!

Acepte 2 de nuestras mejores novelas de amor GRATIS

¡Y reciba un regalo sorpresa!

Bianca

¿Creería que se había quedado embarazada de otro hombre… o podría aquel bebé arreglar su matrimonio para siempre?

En opinión de Patrizio Trelini, todo parecía indicar que Keira Worthington le estaba siendo infiel… y nadie se atrevía a burlarse de un italiano implacable como él. Así pues, Patrizio echó de casa a su esposa y no quiso escuchar sus mentiras. Pero dos meses más tarde Patrizio necesitaba que Keira volviese a su vida… y a su cama, aunque seguía convencido de que ella lo había traicionado.

Estando de nuevo a su lado, Keira tenía una última oportunidad de demostrar su inocencia… ¡pero entonces descubrió que estaba embarazada!

ESPOSA INOCENTE
MELANIE MILBURNE

ROBYN GRADY

OTRA OPORTUNIDAD PARA EL AMOR

Jack Prescott, dueño de una explotación ganadera, no estaba preparado para ser padre. Estaba dispuesto a cuidar de su sobrino huérfano porque debía cumplir con su obligación, pero en su corazón no había lugar para un bebé… ni para Madison Tyler, la mujer que parecía empeñada en ponerle la vida patas arriba.

Pero Jack no podía negar la atracción que sentía por Madison, y no tardaron en dejarse llevar por el deseo. Pero la estancia de Maddy era solo algo temporal, y él jamás viviría en Sídney. ¿Cómo podían pensar en algo duradero perteneciendo a mundos tan distintos?

¿DE MILLONARIO SOLITARIO A PADRE ENTREGADO?

¡YA EN TU PUNTO DE VENTA!